Tanya Stewner wurde 1974 im Bergischen Land geboren und begann bereits mit zehn Jahren Geschichten zu schreiben. Sie studierte Literaturübersetzen, Englisch und Literaturwissenschaften in Düsseldorf, Wuppertal und London und arbeitet heute als Übersetzerin und Lektorin.

Im Programm der Fischer Schatzinsel sind von ihr bereits ›Liliane Susewind – Mit Elefanten spricht man nicht!‹, ›Liliane Susewind – Tiger küssen keine Löwen‹ und ›Liliane Susewind – Delphine in Seenot‹ erschienen. Weitere Bände sind in Vorbereitung. Für Liliane Susewinds erstes Abenteuer ›Mit Elefanten spricht man nicht!‹ wurde Tanya Stewner mit dem Goldenen Bücherpiraten 2007 ausgezeichnet.

Eva Schöffmann-Davidov, geboren 1973, studierte an der Fachhochschule für Gestaltung in Augsburg. Heute illustriert sie mit großem Erfolg vorwiegend Kinder- und Jugendbücher und unterrichtet als Dozentin für Zeichnen an der Fachhochschule für Gestaltung in Augsburg.

Tanya Stewner

Liliane Susewind

Schimpansen macht man nicht zum Affen

Mit Bildern von
Eva Schöffmann-Davidov

Fischer Schatzinsel

Fischer Schatzinsel
www.fischerschatzinsel.de

Umschlaggestaltung: Bilek Krämer Jäger
unter Verwendung einer Illustration von Eva Schöffmann-Davidov
Satz und Repro: Pinkuin Satz und Datentechnik, Berlin
Druck und Bindung: CPI – Clausen & Bosse, Leck
Printed in Germany
ISBN 978-3-596-85355-7

Nach den Regeln der neuen Rechtschreibung

Inhalt

Der Baumherr

»Herr von Bonsai, bitte beherrschen Sie sich!«, maunzte die orange getigerte Katze und wandte empört den Kopf ab. Bonsai, der kleine weiße Hund, hob gerade das Bein und pinkelte an den Stamm einer dicken Eiche. Dabei hechelte er fröhlich vor sich hin und schien sich sehr zu freuen, dass er diesen beeindruckenden Baum markieren konnte.

Die Katze, die aufgrund ihrer Eleganz den Namen *Frau von Schmidt* trug, blickte hilfesuchend zu Lilli, die neben den beiden Tieren durch den Park spazierte. »Madame von Susewind, wären

Sie so freundlich, Herrn von Bonsai mitzuteilen, dass sein unzivilisiertes Besudeln der Parkvegetation mein höchstes Missfallen erregt?«, miaute die Katze. »Wofür gibt es denn schließlich das stille Örtchen?«

Lilli seufzte. Es war nicht das erste Mal, dass die unterschiedlichen Toilettengewohnheiten ihres Hundes und der kleinen Katzendame zu Reibereien führten. Da die beiden nicht direkt miteinander reden konnten – schließlich waren Hundisch und Katzisch sehr verschiedene Sprachen –, musste Lilli immer wieder zwischen ihnen vermitteln. Denn sie selbst verstand sämtliche Tiersprachen, die es gab.

»Damit markiert Bonsai sein Revier«, erklärte Lilli der Katze. »Andere Hunde riechen seine Markierung später und wissen dadurch, dass er da war.«

Der Winzling trippelte heran. »Was soll ich markieren?«

»Nichts, Bonsai«, erwiderte Lilli. »Frau von Schmidt meint nur –«

Der kleine Mischling ließ die Ohren hängen. »Sagt Schmidti schon wieder, ich soll auf ihr komisches Katzenklo gehen?«

»Ja, aber das musst du nicht.«

Das hörte Frau von Schmidt nicht gern. »Schamlos!«, miezte sie grimmig. »Einfach schamlos! Wie stehe ich da, wenn mich andere Schnurrherrschaften aus der Gegend in Begleitung dieses Freipinklers sehen?«

Lilli schmunzelte. Sie wusste aus Erfahrung, dass sich die Katzenlady zwar gern und oft über Bonsais »primitive Sitten« beschwerte, aber dennoch immer wieder seine Nähe suchte. Die beiden waren unzertrennlich. Selbst wenn Lilli mit Bonsai Gassi ging, schloss sich die Katze ihnen oftmals an. So wie an diesem Tag.

Sie spazierten nun weiter zu dritt durch den Stadtpark und Lilli sah sich immer wieder aufmerksam um, damit niemand sie beobachtete, wenn sie mit den Tieren sprach. Denn obwohl mittlerweile einige Menschen über ihr außergewöhnliches Talent Bescheid wussten, war es Lillis Mutter sehr wichtig, dass nicht noch mehr Leute davon erfuhren. Frau Susewind befürchtete nämlich, Lillis Fähigkeit könnte in die Presse geraten, und dann würde ihre Tochter auf Schritt und Tritt von Reportern verfolgt werden. Zudem hatte sie Angst um ihre eigene Karriere –

Frau Susewind war TV-Nachrichtensprecherin und wollte nicht mit »übersinnlichen« Dingen in Verbindung gebracht werden, da sie annahm, das würde ihrer Fernsehlaufbahn schaden.

Lilli hatte sich inzwischen damit abgefunden. Obwohl sie am liebsten ganz offen mit ihrer Gabe umgegangen wäre, bemühte sie sich, sie weiterhin geheim zu halten. Doch das war manchmal gar nicht so leicht. Allein ein Spaziergang im Park konnte zum Problem werden. Denn wenn Lilli auf Tiere traf, die sie noch nicht kannte – wenn zum Beispiel ein neuer Hund in die Nachbarschaft kam –, konnte es schwierig werden. Tiere reagierten nämlich immer sehr auffällig, wenn sie Lilli zum ersten Mal sahen: Sie wunderten sich und starrten sie mit großen Augen an, da sie spürten, dass das Mädchen mit den roten Haaren etwas ganz Besonderes war. Wenn sie Lilli dann sprechen hörten, waren sie vollends verblüfft und oft wie versteinert – oder äußerst anhänglich. Solche Situationen waren oft sehr brenzlig für Lilli, aber das hielt sie natürlich nicht davon ab, weiterhin in den Park zu gehen.

Bonsai hatte gerade eine stämmige Buche entdeckt. »Komisch, den Baum hab ich doch ges-

tern erst markiert«, brummte er vor sich hin. »Da hat einer drüber gemacht! So ein Blödmann!« Er schnupperte am Stamm hinauf. »Ein ziemlich großer Typ ... dem werd ich's zeigen!« Bonsai nahm Schwung, stellte sich kopfüber auf die Vorderpfoten und pinkelte gegen den Stamm. Das war ein Trick von ihm, der später vorbeischnüffelnden Hunden vorgaukeln sollte, er sei viel größer als er tatsächlich war.

»Hey, was ziehst du da für eine krumme Tour ab?«, kläffte plötzlich ein Jack-Russell-Terrier, der in diesem Moment mit seinem Herrchen um die Ecke des Weges kam. Lilli kannte den Hund und wusste, dass er sich ziemlich schnell aufregte. Bonsais Trick schien ihm ganz und gar nicht zu gefallen. »Willst du uns veräppeln?«, krakeelte der Terrier wütend. »Aus dir mach ich Brei, du Zwerg!« Noch während er bellte, preschte er los und stürzte auf Bonsai zu.

Bonsai, der noch immer seinen »Handstand« machte, erschrak, verlor das Gleichgewicht und kippte vornüber. Während er sich aufrappelte, zischte der Terrier an Lilli vorbei und kläffte lauthals weiter. »Aaangriff!«

Er hatte Bonsai schon beinahe erreicht, da

sprang ein keifendes orangefarbenes Etwas dazwischen. Frau von Schmidt hatte sämtliche Haare aufgestellt, machte einen Buckel und fauchte böse: »Lass ihn in Ruhe oder du kriegst es mit mir zu tun, du Wicht! Hinfort mit dir!« Schnaubend schlug sie mit der Pfote nach dem Hund.

Bonsai beobachtete erstaunt, was die Katze da tat.

Der Terrier zuckte vor Frau von Schmidts Pfote zurück, jaulte erschrocken »Oh, Mist!« und lief mit eingezogenem Schwanz schnurstracks zu seinem Herrchen zurück. Sobald er sich dort in Sicherheit wähnte, begann er wieder zu bellen. »Da habt ihr aber nochmal Glück gehabt! Wenn ich gewollt hätte, wäret ihr jetzt beide Brei!« Das Herrchen nahm den Hund an die Leine, betrachtete verwundert die keifende Katze und zog den Terrier fort.

Frau von Schmidt sah dem Hund erzürnt nach. »Dieser Flegel! Schreiend durch die Gegend zu laufen und Herrn von Bonsai zu erschrecken! Einfach geschmacklos!«, schimpfte sie.

Bonsai konnte kaum fassen, was passiert war. Aufgeregt bellte er »Wahnsinn, die Schmidti!«, trabte zu ihr und schleckte ihr begeistert über das ganze Gesicht. Frau von Schmidt verzog keine Miene und ließ Bonsai von ihrer hübschen Nase bis zu den zarten Ohren alles abschlabbern. Geziert schnurrte sie schließlich: »Ein absolut angemessenes Dankeschön« und sah sehr zufrieden aus. »Solch geschliffene Manieren beweisen, wie nobel Herr von Bonsai sich benehmen kann, wenn er nur will.«

Lilli hörte schnelle Schritte hinter sich und drehte sich um. Es war Jesahja Sturmwagner, ihr bester Freund, der auf sie zugejoggt kam. Lilli lief ihm ein Stück entgegen.

»Hey Lilli!«, rief er und strahlte übers ganze Gesicht. Dabei sah er wieder einmal umwerfend gut aus, und Lilli musste daran denken, wie viele Mädchen in der Schule alles dafür gegeben hätten, dass er sie nur einmal so anstrahlte. Es waren allerdings immer noch Sommerferien, und so strahlte Jesahja allein für Lilli.

»Ich hab gerade deinen Vater gesehen«, sagte Jesahja gut gelaunt. »Er will mit uns Eis essen gehen. Wir sollen zum Café rüberkommen.« Das Eiscafé lag gleich hinter dem Park.

»Super!« Lilli freute sich. Es war ein sehr warmer Septembertag, und ein Eis war jetzt genau das Richtige. Sie rief nach Bonsai und Frau von Schmidt, doch die beiden kamen nicht. Überrascht drehte Lilli sich zu ihnen um. Sowohl der Hund als auch die Katze blickten mit verwunderten Mienen in die Baumkrone der Buche hinauf. War da oben irgendetwas?

Bonsai wedelte zaghaft mit dem Schwanz und bellte: »Hallo! Komm runter!«

»Was ist denn da oben?«, murmelte Jesahja. Lilli und er verließen den Parkweg und gingen langsam zu den Tieren.

»Was seht ihr denn da?«, fragte Lilli.

Im gleichen Moment bellte Bonsai wieder. »Komm runter, Haarmann!«

Da raschelte etwas zwischen den Blättern in der Baumkrone. Es klang, als bewege sich etwas oder jemand von einem Ast zum anderen. Doch sehen konnten Lilli und Jesahja nichts.

»Jetzt ist er weg«, sagte Bonsai und hörte auf, mit dem Schwanz zu wedeln.

»Wer denn?« Lilli und Jesahja waren nun bei den Tieren angekommen und blickten nach oben, aber dort waren lediglich Äste, Blätter und der blaue Himmel zu erkennen.

Die Katze antwortete Lilli: »Ein sonderbarer Geselle! Ein wenig verschroben, wenn Sie mich fragen. Er schaute uns an, als hätte er so etwas wie uns noch nie gesehen. Dabei sollte er doch zumindest wissen, was *ich* bin. Katzen sind schließlich die bekannteste Tierart der Welt!« Sie wiegte den zierlichen Kopf. »Nun ja, ich muss zugeben, dass er sich dort oben äußerst flink und mit viel Geschick bewegte. Er muss erstaunlich starke Arme haben.«

Lilli runzelte die Stirn. Was konnten die beiden nur gesehen haben? Ein übergroßes Eichhörnchen … mit Armen?

Frau von Schmidt maunzte weiter. »Recht hübsch war er. Viel hübscher als der da.« Sie warf Jesahja einen abfälligen Blick zu. Die Katze gehörte zwar den Sturmwagners, machte aber keinen Hehl daraus, dass sie von Jesahja nicht besonders viel hielt. »Die Behaarung des Mannes im Baum war lobenswert üppig und hörte nicht an gänzlich unpassenden Stellen wieder auf wie bei meinem Hausmännchen.« Wieder ein Blick zu Jesahja.

»Des Mannes?«, fragte Lilli. »Es war ein Mensch?«

Frau von Schmidt zögerte. »Nun, es war … ein Baumherr. Also … eine besondere Version von Mensch, würde ich sagen. Schöner. Geschickter. Armstärker.«

»Das kann kein Mensch gewesen sein«, murmelte Jesahja, der natürlich nur verstand, was Lilli sagte.

Bonsai mischte sich ein. »Der Haarmann saß da oben und hat runtergeguckt. Jetzt ist er weg.« Für den Hund war die Sache damit erledigt. Ungeduldig machte er sich daran, die Sträucher in der Nähe zu beschnuppern.

Lilli übersetzte Jesahja, was die Tiere gesagt hatten, und sah ihn fragend an. »Was könnte das gewesen sein? Oder … wer?«

Jesahja kratzte sich am Hinterkopf. Das tat er immer, wenn er angestrengt nachdachte. Er liebte Rätsel und ungewöhnliche Situationen, in denen er seinen scharfen Verstand einsetzen konnte. Doch zu dem »Baumherrn« fiel offenbar auch ihm keine Erklärung ein. »Das ist eine gute Frage«, murmelte er.

Lilli zuckte die Achseln. »Wir sollten gehen. Mein Vater wartet auf uns.« Sie zog Jesahja am Ärmel und beide machten sich im Eiltempo auf den Weg zum Eiscafé. Bonsai streunte neben ihnen her und Frau von Schmidt trabte mit hochgereckter Nase an seiner Seite.

Da hörten sie plötzlich ein lautes Knacken über sich. Lilli fuhr zusammen und blickte nach oben. Da bewegte sich etwas! Sie konnte gerade noch einen dunklen, behaarten Rücken erkennen, bevor er zwischen den Blättern verschwand.

»Was war das?«, fragte sie atemlos.

Jesahja sah erstaunt nach oben. »Ein Tier?«

»Der Haarmann!«, kläffte Bonsai und wedelte mit dem Schwanz. »Haarmann, komm runter!«

Lilli kam die Sache langsam merkwürdig vor. Ein Tier dieser Größe hatte sie hier im Stadtpark noch nie gesehen. »Lass uns auf den Baum klettern!«

Jesahja hob verwundert die Augenbrauen. Lilli war eigentlich eher schüchtern und manchmal sogar ein wenig ängstlich. Aber durch die turbulenten Erlebnisse der vergangenen Monate war sie viel mutiger geworden.

Frau von Schmidts Katzenstimme ertönte. »Hinaufklettern? Nun gut, ich tue Ihnen diesen Gefallen, Madame von Susewind. Wenn Ihnen so viel daran liegt, mit dem Baumherrn ins Gespräch zu kommen, bin ich Ihnen gern behilflich, ihn aufzuspüren.« Sie reckte den Kopf. »Hier sind Gewandtheit und Intelligenz gefragt! Ganz meine Kragenweite!« Damit jagte sie am Stamm des nächstgelegenen Baumes hoch und verschwand im dichten Blätterwald.

»Schmidti!«, bellte Bonsai. »Warte! Ich will auch mit dem Haarmann spielen!«

»Du kannst doch nicht klettern, Bonsai«, erinnerte Lilli ihn. »Aber wir gehen rauf, oder?«, fragte sie Jesahja.

Der grinste. »Klar, klettern wir hoch!« Er schob seine Hände zu einer Räuberleiter zusammen. Lilli trat darauf und Jesahja hievte sie hoch, damit sie den ersten dicken Ast des Baumes erreichen und hinaufklettern konnte. Oben streckte Lilli Jesahja ihre Hand entgegen und half ihm so dabei, ihr zu folgen.

»Das ist nicht fair!«, beschwerte sich Bonsai, der unten zurückblieb.

»Du musst aufpassen, dass niemand kommt und uns sieht!«, rief Lilli. »Schlag sofort Alarm, wenn du etwas hörst!«

»Gebongt!« Bonsai war besänftigt, denn diese

Aufgabe war ganz nach seinem Geschmack. Er setzte sich neben den Baum und hielt mit gewichtiger Miene und gespitzten Ohren Wache.

Lilli und Jesahja kletterten noch einige Äste höher und befanden sich schließlich mitten in der Baumkrone.

»Ach herrje, das ist mir aber peinlich«, drang die Stimme von Frau von Schmidt zu ihnen. Lilli sah sich suchend um. Die Katze balancierte auf zwei dünnen Zweigen einige Meter neben ihnen und wusste anscheinend nicht mehr, wie sie von dort herunterkommen sollte. Mit gespreizten Pfoten versuchte sie, das Gleichgewicht zu halten, und machte keine besonders damenhafte Figur dabei.

»Was ist los?«, fragte Jesahja, der ein Stück unter Lilli bäuchlings auf einem Ast lag.

»Frau von Schmidt sitzt fest!«

»Bitte posaunen Sie meine Misere nicht derartig herum!«, zeterte die Katze. »Wenn Herr von Bonsai das hört ...«

Doch Bonsai hatte es gehört. Er bellte von unten: »Lilli, hol mich rauf! Ich muss Schmidti retten!«

Lilli antwortete ihm nicht. Stattdessen schaute sie angestrengt umher und überlegte, wie man der Katze helfen könnte. Als sie dabei den Kopf nach oben wandte, erstarrte sie. Direkt über ihr, keine zwei Meter von ihr entfernt, blickten sie zwei große braune Augen an. Lillis Herz setzte einen Schlag lang aus. Da saß ein Affe im Baum! Ein Schimpanse! Er war zum Greifen nahe. Lilli starrte fassungslos in sein Gesicht. Irgendetwas an seinem Anblick rührte sie zutiefst. Es waren seine Augen. In seinen Augen erkannte sie tiefe Traurigkeit. Lilli bekam eine Gänsehaut. Dieser Schimpanse hatte viel Schlimmes erlebt, das war für sie deutlich zu sehen.

Noch bevor sie etwas sagen konnte, hangelte er sich mit seinen starken Armen von einem Ast zum anderen und entfernte sich zusehends von ihr.

»Was …«, begann Jesahja, aber er sprach den Satz nicht zu Ende. Er hatte den Schimpansen offenbar auch entdeckt.

Mit gewandten Bewegungen flog der Affe geradezu durch das Laubwerk. Da erkannte Lilli, worauf er zusteuerte: Frau von Schmidt!

»Ach, wie unangenehm«, klagte die Katze. »Ausgerechnet jetzt möchte sich der Baumherr vorstellen! Bitte, Madame, teilen Sie ihm mit, dass ich im Augenblick unpässlich bin.«

Der Schimpanse verstand natürlich kein Wort. Bevor Lilli etwas sagen konnte, griff er nach der Katze, steckte sie sich unter den Arm, als sei sie ein Stofftier, und hangelte mit dem anderen Arm den Baum hinab.

»Das ist absolut unangemessen, Sir!«, gellte Frau von Schmidt. »Sir Baumherr! Hören Sie! Ich bin eine Katze! Katzen müssen nicht gerettet werden!«

Unten angelangt setzte der Schimpanse sie vorsichtig ab, kletterte gleich darauf am Stamm eines anderen Baumes hoch und verschwand in dem dichten Laub. Lilli hörte es rascheln und knacken, und kurz darauf war alles still.

Verdattert drehte sie sich zu Jesahja um, dem die Überraschung ebenfalls ins Gesicht geschrieben stand. »Ich glaube, ich träume!«, stieß er hervor. Nach einem sprachlosen Moment fragte er: »Ist der Affe aus dem Zoo ausgerissen?«

»Nein, ich kenne alle Tiere dort und habe ihn noch nie gesehen.« Lilli schüttelte den Kopf. »Es geht ihm sehr schlecht.« Sie blickte Jesahja besorgt an. »Er braucht dringend unsere Hilfe.«

Im Eiscafé

Lilli, Jesahja, Frau von Schmidt und Bonsai suchten überall im Park nach dem Schimpansen. In alle Baumwipfel sahen sie hinauf und zwischen zahllose Büsche krabbelten sie, doch der Affe war wie vom Erdboden verschluckt. Lilli war enttäuscht. Wie gern hätte sie mit ihm gesprochen, ihn gefragt, wo er herkam und wie er es schaffte, im Park zu überleben. Aber es schien, als sei er überaus ängstlich und verstört. Anders konnte Lilli es sich nicht erklären, dass er nicht auf ihre Rufe reagierte. Es musste ihn doch neugierig machen, dass sie seine Sprache sprach!

Schließlich gaben sie die Suche auf und machten sich auf den Weg zum Eiscafé, wo Lillis Vater bereits auf sie wartete. Lilli hatte ein schlechtes Gewissen. Sie waren viel zu spät dran! Doch zum Glück war ihr Vater nicht allein und schien sich keineswegs zu langweilen. Er saß neben Jesahjas Onkel Kornelius an einem Tisch im Freien. Die beiden tranken Eistee und unterhielten sich angeregt. Jesahjas Onkel wohnte zurzeit im Haus der Sturmwagners, dem Nachbarhaus der Susewinds. Er kümmerte sich um seinen Neffen, solange sich Jesahjas Eltern noch auf Geschäftsreise in China befanden. Schon seit Wochen waren sie dort und halfen dabei, ein neues Unternehmen aufzubauen. Zwar vermisste Jesahja seine Eltern sehr, aber er freute sich auch darüber, dass sein Onkel bei ihm wohnte, denn mit Kornelius konnte man viel Spaß haben.

»Hallo Kinder«, rief Onkel Kornelius fröhlich. Er hatte schwarze, lockige Haare, so wie Jesahja, und viele kleine Lachfältchen um die Augen. »Läuft die Katze schon wieder mit euch rum?«

Jesahja zuckte mit den Schultern und machte ein unschuldiges Gesicht. Kornelius wusste nichts von Lillis Fähigkeiten und hatte sich schon öfter über Frau von Schmidts merkwürdige Verbundenheit mit Lilli und vor allem mit Bonsai gewundert. »Vielleicht sollte ich nochmal nachsehen, ob ich die Katze nicht versehentlich mit Hundefutter füttere«, raunte er seinem Neffen verschwörerisch zu, und Jesahja lachte.

»Setzt euch«, sagte Lillis Vater, und sie nahmen Platz. »Warum seid ihr so spät dran?«

»Wir ...« Lilli hätte ihrem Vater gern von dem Schimpansen und Frau von Schmidts »Rettung« erzählt, aber das ging vor Onkel Kornelius natürlich nicht.

»Wir sind auf einen Baum geklettert«, kam Jesahja ihr zu Hilfe, und Lilli sagte: »Genau.«

Da steuerte schon eine Kellnerin auf sie zu. Sie hatte einen blonden Pferdeschwanz und schien noch recht jung zu sein. Als Lilli genauer hinsah, stellte sie erschrocken fest, dass sie dieses Mädchen kannte. Es war niemand anderes als Trina Korks! Lilli wurde bleich. Sie kannte Trina aus dem Zoo, in dem sie selbst als Tier-Dolmetscherin aushalf. Trina hatte dort als Auszubildende gearbeitet, war aber von der Direktorin fristlos entlassen worden, nachdem sie und ihre jüngere Schwester Trixi Lilli und Jesahja durch einen gemeinen Trick in Lebensgefahr gebracht hatten.

»Tag«, sagte Trina lustlos und blieb vor dem Tisch stehen. Gelangweilt schaute sie in die Runde. Dann traf ihr Blick auf Lilli. Ihre Augen verengten sich und ihr Gesicht überzog sich schlagartig mit einer tiefen Röte.

»Zwei große gemischte Eisbecher mit Schokoladensoße, bitte«, bestellte Lillis Vater, dem nicht auffiel, wie hasserfüllt die Kellnerin seine Tochter anstarrte.

»Aha«, machte Trina, drehte sich um und preschte davon.

»Hoffentlich ist euer Eis besser als das Personal«, bemerkte Onkel Kornelius und knuffte Jesahja in die Seite, doch Jesahja blieb ernst. Er warf Lilli einen beunruhigten Blick zu.

Als Lillis Vater und Kornelius ihr Erwachsenengespräch wieder aufnahmen, sagte Jesahja leise zu Lilli: »Wir müssen vorsichtig sein. Trina ist garantiert noch sauer auf uns, weil sie unseretwegen aus dem Zoo geworfen wurde. Außerdem scheint es, als hätte sie nicht besonders viel Spaß an ihrem neuen Job.«

Lilli nickte. »Glaubst du, sie spuckt uns ins Eis?«

»Wer weiß?« Jesahja schüttelte sich angewidert. »Lass uns lieber mal reingehen und gucken, was sie macht.«

Lilli und Jesahja erhoben sich. Sie erklärten kurz, dass sie sich die Hände waschen wollten, und schlichen sich dann in die Eisdiele. Trina bemerkte sie nicht. Sie stand hinter der Theke und sprach mit einem Kollegen, der gerade mit den gemischten Eisbechern beschäftigt war. Lilli war erleichtert. Trina durfte das Eis offenbar nicht selbst zusammenstellen, also konnte sie auch nicht so leicht hineinspucken. Doch als Lilli hörte, worüber Trina mit ihrem Kollegen sprach, war ihre Erleichterung augenblicklich wie weggeblasen. Trina rief gerade: »Wenn ich es dir doch sage! Das Mädchen kann mit Tieren sprechen! Sie arbeitet im Zoo und übersetzt, was die Tiere sagen.«

Lilli war starr vor Schreck. Trina verriet ihr Geheimnis! Und das, obwohl Trina und alle anderen Zooangestellten der Zoodirektorin hoch und heilig versprochen hatten, es für sich zu behalten!

Der Kollege hörte Trina kopfschüttelnd zu und lachte. »Was redest du nur für einen Quatsch?«

»Ich war selbst dabei!«, brauste Trina auf. »Diese dämliche Kuh kann wirklich mit Tieren reden!«

Der Kollege musterte sie prüfend, lachte erneut und zeigte ihr einen Vogel. »Hör jetzt mit dem Blödsinn auf. Du solltest lieber das Eis zu Tisch vier bringen, anstatt Märchengeschichten zu erzählen.«

Trina presste wütend die Lippen aufeinander, nahm die beiden Eisportionen und stapfte nach draußen. Lilli und Jesahja duckten sich hinter einen Tisch und folgten ihr dann in einigem Abstand. Trina bemerkte jedoch, dass Lilli und Jesahja hinter ihr waren und warf Lilli im Gehen einen bitterbösen Blick zu. Dadurch passte sie nicht auf, wo sie hintrat, und stolperte über einen Stein. Trina taumelte. Mit den Eisbechern in den Händen wankte sie hin und her, verlor schließlich das Gleichgewicht und stürzte. Die beiden Eisportionen segelten im hohen Bogen durch die Luft, direkt auf Onkel Kornelius und Lillis Vater zu. Der erste Eisbecher landete auf

Kornelius' Bauch. Der zweite traf Lillis Vater an der Brust, und das Eis spritzte explosionsartig nach allen Seiten, sodass Herr Susewind im ganzen Gesicht mit Stracciatella-Klümpchen, Erdbeereis und Schokoladensoße beschmiert war. Bonsai, der zwischen den beiden saß, bekam ebenfalls etliche rosafarbene Erdbeereis-Tupfen ab. Frau von Schmidt schleckte genüsslich einen nach dem anderen ab und schnurrte dabei: »Ganz vortrefflich.« Lilli biss sich auf die Zunge, um nicht zu lachen.

»Oh … das«, stammelte Trina, »… das ist nicht gut …«

Da kam ihr Kollege angerannt. Als er die Bescherung sah, rief er: »Oh, entschuldigen Sie bitte!« und flüsterte in Trinas Richtung: »Wenn der Chef das hört, schmeißt er dich achtkantig raus!«

Trina wurde kreideweiß und schaute ihrem Kollegen reglos dabei zu, wie er versuchte, Lillis Vater und Onkel Kornelius mit Servietten zu säubern.

»Halb so wild!«, wehrte Onkel Kornelius lachend ab. »Ist ja nicht so schlimm!« Auch Lillis Vater lachte herzlich, wischte sich durchs

Gesicht und verschmierte die Schokoladensoße dabei nur noch mehr.

Doch Trina war augenscheinlich nicht nach Lachen zumute. Mit finsterem Gesichtsausdruck drehte sie sich zu Lilli und Jesahja um und zischte: »Wenn ich euretwegen auch noch meinen Job im Café verliere, dann könnt ihr euch auf was –« Sie verstummte und blickte verwundert zu einem Baum, der gleich neben den Tischen des Cafés stand.

»Da!«, stieß sie hervor und zeigte auf den Baum. Lilli und Jesahja folgten ihrem Blick, aber sie konnten nichts Ungewöhnliches erkennen. »Ein Affe!«, rief Trina. »Da war ein Affe!«

Lilli und Jesahja horchten auf. Da rief Trinas Kollege wutschnaubend: »Jetzt reicht es aber! Du hast doch nicht mehr alle Tassen im Schrank! Ein Affe?«

»Jetzt ist er wieder verschwunden.« Trinas Gesicht wurde puterrot. »Aber ich schwöre, er war da!«

Ihr Kollege verzog den Mund. »Aber sicher doch. Oder war es vielleicht ein fliegendes Einhorn? Oder ein feuerspeiender Drache?« Er schüttelte den Kopf. »Ich glaube, ich muss mal mit dem Chef über dich reden. Du tickst doch nicht mehr ganz sauber!« Damit wandte er sich ab.

Trinas Hände zitterten vor Wut, und man konnte ihr ansehen, wie gedemütigt sie sich fühlte. Beinahe tat sie Lilli leid. Doch dieses Gefühl verflog, als Trina ächzte: »Das ist alles eure Schuld!« Mit geballten Fäusten lief sie davon. Lilli sah ihr sprachlos nach. Schon wieder schob Trina alles auf sie, obwohl sie eigentlich gar nichts damit zu tun hatten!

Herr Susewind blickte Trina mit zusammengekniffenen Augen nach. »Wieso ist das eure Schuld?« Er hatte noch immer Eis im Gesicht.

Lilli überhörte seine Frage. Angestrengt überlegte sie. Ein Blick auf Jesahja sagte ihr, dass er das Gleiche dachte. »Wir müssen nochmal weg«, sagte sie. »Wir müssen was suchen.«

»Aber wir können doch neues Eis für euch bestellen …«

»Es ist wichtig«, entgegnete Lilli. Sie sah ihren Vater bittend an, und schließlich nickte er. Er wusste, dass er seiner Tochter vertrauen konnte, und wenn sie sagte, es sei wichtig, war es das auch.

Über zwei Stunden suchten Lilli, Jesahja, Bonsai und Frau von Schmidt im Park nach dem Schimpansen. Er musste doch irgendwo sein! Lilli rief immer wieder nach ihm – irgendwie spürte sie, dass er sie hörte, aber er schien zu viel Angst zu haben, um aus seinem Versteck herauszukommen.

»Es ist zwecklos weiterzusuchen«, stöhnte Jesahja und ließ sich auf eine Parkbank fallen. Frau von Schmidt sprang neben ihn, rollte sich zusammen und verkündete, sie würde nun ein Nickerchen machen.

Lilli wollte jedoch noch nicht aufgeben. Wie konnten sie den Affen nur finden? Da hatte sie eine Idee. Rasch vergewisserte sie sich, dass keine Spaziergänger in der Nähe waren und sagte Bonsai, er solle Alarm schlagen, sobald sich jemand näherte. Dann rief sie mit lauter Stimme: »Ihr Vögel! Schwalben, Spatzen, Amseln und alle anderen, ich rufe euch!«

Einige Sekunden lang geschah nichts, aber dann hörten sie, wie ein regelrechter Sturm aus Flügelschlägen heranbrauste. Da sahen sie auch schon die ersten Vögel! Pfeilschnell sausten sie herbei, kreisten über Lilli, schwirrten um

sie herum und landeten laut zirpend auf den nächstgelegenen Ästen, auf dem Boden und auf Lillis Schultern. Kurz darauf tanzte ein ganzer Schwarm von Vögeln durch die Luft. Zahllose der kleinen Tiere ließen sich neben Jesahja und Frau von Schmidt auf der Bank nieder. Die Katze hob müde den Kopf, beobachtete das Gewusel und miaute: »Gehe ich recht in der Annahme, dass ich keine dieser leckeren Zwischenmahlzeiten erlegen darf?«

»Richtig«, antwortete Lilli in bestimmtem Ton.

Die Katze rollte sich wieder zusammen und schloss mit einem langen Seufzer die Augen.

»Hallo Vögel«, begrüßte Lilli nun die Schar. »Ich brauche eure Hilfe. Wir suchen nach einem Affen –«

»Was ist das? Kann man das essen?«, piepste ein Buchfink.

»Ein Affe ist ein Tier. Er sieht ein bisschen aus wie ein stark behaarter Mensch mit kurzen Beinen und starken Armen«, erklärte Lilli. »Er kann gut klettern und –«

»Den kenn ich!«, pfiff ein Grünling.

»Ja, den hab ich auch gesehen!«, fielen einige

andere Vögel ein. »Er frisst aus den Sammelhöhlen!«

»Aus den Mülleimern?«, fragte Lilli.

»Ja! Und er hat Angst vor uns!« Der Grünling ließ die Flügel flattern. »Er erschreckt sich, wenn wir vorbeifliegen. Er hat eigentlich vor allem Angst! Vor Wasser von oben, vor Luftsausen, vor Brüllkästen!«

Lilli versuchte, dem Vogel zu folgen. »Vor Regen, vor Wind, vor … Autos?« Der Park grenzte an einige Straßen.

»Und er hat Angst vor *dir!*«, zwitscherte der Grünling weiter. »Er folgt dir zwar in den Bäumen überall hin, aber wenn du ihm zu nahe kommst, versteckt er sich.«

»Wo?«, rief Lilli. »Wo versteckt er sich?«

Ratlose Stille trat ein. »Wir wissen es nicht. Er versteckt sich sehr gut.« Der Grünling klopfte mit dem Schnabel auf die Parkbank.

Lilli dachte nach. »Hört zu!« Sie beugte sich vor. »Wenn ihr ihn nochmal seht, sagt mir bitte Bescheid. Ihr wisst ja, wo ich wohne. Ich möchte unbedingt mit ihm sprechen.«

Die Vögel versprachen ihr, die Augen offen zu halten, und flogen einer nach dem anderen davon. Lilli schaute ihnen nach und hoffte, sie würden den Schimpansen bald finden. Sie war sich sicher, dass sie ihm helfen konnte. Er musste ihr nur eine Chance geben.

Armstrong

Lilli träumte in dieser Nacht, Trina und ihre kleine Schwester Trixi hätten sie in einer Kiste eingesperrt und klopften von außen gegen die Wände, um sie zu ärgern. Das Klopfen hörte gar nicht mehr auf, und beinahe klang es, als sei Trina ein Hund und Trixi ein Vogel ...

Lilli wachte auf. Sie war nicht in einer Kiste gefangen, sie lag in ihrem Bett! Merkwürdigerweise war das Klopfen aber immer noch da. Da bemerkte sie, dass am Fußende des Bettes ein Vogel saß. Es war der Grünling aus dem Park, der fleißig mit seinem kleinen Schnabel auf das

Holz des Bettgestells klopfte, um Lilli aufzuwecken. Zwischendurch machte er immer wieder eine Pause und piepste: »Hallo! Es gibt Neuigkeiten! Hallo!«

Lilli spürte Bonsais Schnauze an ihrem Arm. »Aufwachen, Lilli!«, wuffte er. »Der Klopf-Heini geht mir auf den Senkel!«

Lilli rieb sich die Augen und setzte sich auf. »Hallo!«, grüßte sie den Grünling. »Habt ihr den Affen gefunden?«

»Ja«, bestätigte der Vogel. »Haben wir.«

»Wo ist er?« Mit einem Satz sprang Lilli aus dem Bett und griff nach ihren Schuhen – bereit, sich mitten in der Nacht in den Park davonzustehlen.

Der Grünling trillerte: »Er sitzt draußen.«

»Wo draußen?« Lilli schnürte sich die Turnschuhe zu und überlegte, wo ihr Pulli war. Im Park war es sicher kalt.

»Vor deinem Nesteingang.«

»Was?« Lilli schnappte nach Luft. »Vor dem Fenster?«

»Jawohl«, zirpte der Vogel. »Er sitzt da drüben und guckt dich an.«

Lilli sah zum Fenster. Es überkam sie heiß

und kalt zugleich. Tatsächlich, da war er! Der Schimpanse saß im Apfelbaum vor dem Fenster und blickte sie mit seinen traurigen Augen an. Für einen Schimpansen war er sehr klein, wenn er auch kein Jungtier mehr zu sein schien.

Mit bedächtigen Schritten und klopfendem Herzen näherte Lilli sich dem Fenster. Sie hatte es für die Vögel offen stehen lassen, und so gab es keine Barriere zwischen ihr und dem Affen. Langsam streckte sie ihm die Hand entgegen. Obwohl der Baum zu weit weg war, um den Affen vom Fenster aus zu berühren, verunsicherte Lillis Bewegung den Schimpansen, und er wich zurück. »Es ist alles in Ordnung!«, sagte Lilli leise, aber das schien ihn nicht zu überzeugen. Er hangelte sich am Baum hinab, landete geräuschlos auf dem Boden und lief über den Rasen.

»Warte!«, rief Lilli. Der Affe durfte auf keinen Fall wieder davonlaufen! »Ich kann dir helfen. Hast du Hunger?«

Der Schimpanse blieb stehen. Vorsichtig sah er über seine Schulter zurück.

»Ich habe Bananen. Und Äpfel! Und Schokoriegel!« Die Riegel waren natürlich nichts für ihn, aber Lilli war zu aufgeregt, um daran zu denken.

Der Affe schien mit sich zu ringen. Offenbar hatte er großen Hunger.

»Komm bitte wieder rauf, ich tu dir nichts.«

Der Schimpanse zögerte noch immer, doch dann entschied er sich, Lillis Bitte zu folgen. Langsam kletterte er den Baum wieder hinauf, setzte sich auf den Ast in Lillis Höhe und schaute sie forschend an.

Lilli war froh, dass ihr Vater ihr jeden Tag einen Teller mit Obst auf den Schreibtisch stellte. Zwei Äpfel und eine Banane waren noch übrig. Die Banane war bestimmt genau das Richtige für den Affen! Allerdings sah sie noch ganz grün und unreif aus, deswegen hatte Lilli sie auch noch nicht gegessen. Dem Schimpansen konnte sie dieses harte, grüne Ding ebenfalls nicht anbieten. Sie musste schnell etwas tun.

Lilli nahm die Banane in die Hand und konzentrierte sich. Im Geiste suchte sie nach einer lustigen Begebenheit. Da fiel ihr wieder das schokoladenbesprenkelte Gesicht ihres Vaters ein, und sie musste lachen. Die Banane begann sofort, sich zu verfärben: Das helle Grün ver-

WaRTE

wandelte sich innerhalb weniger Sekunden wie von Zauberhand in ein knatschiges Gelb. Die Banane war reif.

Lilli lächelte zufrieden und war wieder einmal sehr froh darüber, dass sie Bäume, Sträucher, Blumen und Obst entweder durch ihre bloße Anwesenheit oder durch ihr Lachen zum Wachsen, Blühen und Reifen bringen konnte.

Sie drehte sich um. Der Schimpanse hatte sie offenbar beobachtet. »Hier, eine Banane!«, sagte sie und ging zum Fenster zurück. Mit angehaltenem Atem streckte sie ihm die Frucht entgegen. Doch der Affe regte sich nicht. Misstrauisch betrachtete er zuerst das gelbe Ding, dann Lilli.

»Du hast Angst, nicht wahr?«, fragte sie sanft. »Aber du kannst mir vertrauen.«

Wachsam blickte der Affe ihr in die Augen. Dann kam er näher, griff nach der Banane, brach sie mittendurch, schnupperte daran und schob sich das zerquetschte Fruchtfleisch in den Mund. Mampfend beäugte er Lilli. Seine Miene hatte sich etwas entspannt.

»Hier ist noch mehr!« Lilli hielt ihm die Äpfel hin.

Der Schimpanse nahm sie, diesmal ohne zu

zögern, und biss krachend hinein. Beide Äpfel waren innerhalb kürzester Zeit verspeist.

»Ich weiß, wo ich noch mehr bekommen kann, warte!«, rief Lilli und hoffte, der Affe würde nicht verschwinden, während sie Nachschub holte. Auf Zehenspitzen schlich sie nach unten in die Küche und kam gleich darauf mit einer Handvoll Erdnüssen und einem Kopfsalat wieder zurück. Der kleine Affe nahm alles entgegen und stopfte es sich hungrig in den Mund. Dabei ließ er Lilli nicht aus den Augen. Sein Gesichtsausdruck war nun aufgeschlossener, doch Lilli wunderte sich darüber, dass er nichts sagte. Die Affen im Zoo gaben ständig Laute und Geräusche von sich und sprachen viel miteinander. Aber dieser Schimpanse hier war anders.

Als er mit dem Essen fertig war, sagte Lilli: »Das ist leider alles. Aber wenn du morgen wiederkommst, habe ich mehr für dich.«

Der Affe legte den Kopf schief, als versuche er zu begreifen, was sie sagte. Lilli runzelte die Stirn. Verstand er sie vielleicht gar nicht?

Gleich darauf huschte er auch schon wieder davon, kletterte am Baum hinab, hastete auf allen vieren über den Rasen und verschwand im Dunkel der Nacht. Lilli sah ihm lange nach. Sie hoffte, er würde morgen wiederkommen. Vor allem hoffte sie, er würde mit ihr sprechen, damit sie erfuhr, wer er war. Irgendetwas an diesem Tier stimmte nicht, und sie musste unbedingt herausfinden, was es war, um ihm helfen zu können.

Am folgenden Tag erzählte Lilli Jesahja, was sich in der Nacht zugetragen hatte. Jesahja hörte ihr fasziniert zu und schlug dann vor, gemeinsam zum Supermarkt zu gehen. Sie kauften von ihrem Taschengeld einen Beutel voll Obst und Gemüse. Danach liefen sie mit dem Beutel durch den Park, in der Hoffnung, der Schimpanse würde sich zeigen. Aber er war nirgendwo zu sehen.

Den ganzen übrigen Tag lang saßen sie in Lillis Zimmer und hofften, der Affe käme zurück, aber sie wurden enttäuscht. Auf dem Apfelbaum vor dem Fenster landeten lediglich ein paar Vögel, die Lilli berichteten, dass sie den Affen einfach nicht wieder aufspüren konnten.

Mitten in der Nacht wurde Lilli geweckt. »Lilli! Der Haarmann!«, kläffte Bonsai leise, und Lilli war mit einem Schlag hellwach. Hastig lief sie zum Fenster. Der Affe saß wieder auf dem Ast im Apfelbaum und schaute sie mit abwartendem Gesicht an.

»Ich habe Futter für dich«, sprudelte Lilli hervor und eilte zu dem Beutel mit Obst und Gemüse. Während sie darin kramte, hörte sie ein Geräusch. Der Schimpanse hatte sich auf die Fensterbank geschwungen! Lillis Herz machte einen Sprung. Er hatte offenbar genug Vertrauen zu ihr gefasst, um ins Haus zu kommen! Vorsichtig schaute er sich im Zimmer um. Gleich darauf war er schon auf dem Fußboden und tapste zu Lillis Beutel. Als er erkannte, was darin war, klatschte er in die Hände und grinste.

Lilli erschrak vor dieser Grimasse. Die meisten Leute fanden es putzig oder lustig, wenn Schimpansen derart menschlich grinsten, doch Lilli wusste, dass es ein Zeichen von Angst war! Sie war nun vollends verwirrt. Der Affe klatschte in die Hände und grinste sie an, als wollte er damit tatsächlich seine Freude ausdrücken. Was war nur mit diesem Schimpansen los?

Lilli trat einen Schritt zurück, damit er sich beim Stöbern nicht von ihr gestört fühlte. Der Affe zog eine Gurke aus dem Beutel und musterte sie, als habe er so etwas noch nie gesehen. Argwöhnisch schnüffelte er daran, verspeiste das lange Ding dann aber geräuschvoll und mit sichtlichem Appetit. Anschließend machte er sich an den Rest des Einkaufs. Lilli setzte sich leise auf den Boden und beobachtete ihn beim Essen.

Schließlich war er satt. Es war zwar noch ein Apfel übrig, aber den ließ der Affe liegen. Schnaufend plumpste er auf sein Hinterteil, strich sich mit der Hand über den Bauch und krächzte: »Gut.«

Lillis Augen weiteten sich. Er hatte etwas gesagt! Seine Stimme klang zwar merkwürdig ungeübt, aber er hatte tatsächlich gesprochen!

»Ich bin Lilli«, stellte sie sich vor.

Der Affe wiegte den Kopf hin und her und schien über ihre Worte nachzudenken. »Und … ich?«, fragte er mit eigenartig stolpernden Lauten, die ganz anders klangen als die Sprache der Schimpansen im Zoo.

»Und du?«, wiederholte Lilli, unschlüssig, was er meinte. »Das musst *du* mir sagen.«

»Ich …«, machte der Affe, eher mit Körpersprache als durch Laute. »Du … sagen?«

Lilli staunte. Fragte der Affe sie etwa, ob sie ihm erklären konnte, wer er war? »Du bist ein Schimpanse.«

»Ich … Panse?« Die Sprechweise des Affen erschien Lilli wie eine Mischung aus weichem Grunzen und leisem Winseln. Es war so etwas wie ein *Grunzeln*.

Lilli unterdrückte ein Grinsen. »Ein *Schimpanse*.«

»Du …«

»Mensch. Ich bin ein Mensch.«

»Hallo Haarmann!«, bellte Bonsai. Er hatte sich anscheinend die ganze Zeit über nur schwer zurückhalten können. Schwanzwedelnd trippelte er näher. »Ich bin hier der Hund.«

Der Schimpanse zuckte zurück und starrte ihn mit weit aufgerissenen Augen an.

»Alles okay!«, rief Lilli. »Das ist mein Hund. Er heißt Bonsai. Er freut sich, dich kennenzulernen.«

Der Winzling blieb stehen. »Ich wollte nur Hallo sagen.« Sein Schwanz wedelte langsamer, denn die Körperhaltung des Affen zeigte überdeutlich, dass er in Bonsai eine Gefahr vermutete. »Na ja«, bellte der Hund. »Ich hau mich einfach mal wieder hin.« Damit ließ er sich vor Lillis Bett nieder, legte seinen Kopf auf den Boden und lugte zwischen den Pfoten hervor.

Der Affe entspannte sich wieder ein wenig. »Warum … zwei?«, fragte er.

»Warum zwei?« Lilli zog die Stirn in Falten. »Was meinst du?«

Der Affe grunzelte unzufrieden. Vermutlich ärgerte er sich, weil er sich nicht besser ausdrücken konnte. »Hund. Bon…sai. Zwei.«

»Warum er zwei Namen hat? Ach so! Also, er ist ein Hund. So wie du ein Schimpanse bist und ich ein Mensch bin. Zusätzlich haben wir aber noch ganz eigene Namen, um uns von den anderen Menschen und Hunden zu unterscheiden.«

»Ich auch … zwei?«

»Zwei? Weißt du nicht, ob du einen eigenen Namen hast?«

Der kleine Schimpanse schwieg.

»Ich kann dir einen geben, wenn du möchtest.«

»Gut«, machte der Affe und wackelte mit dem Kopf.

Lilli überlegte angestrengt. »Ich nenne dich Armstrong. Weil du so starke Arme hast.«

»Gut.«

»Ich bin Lilli.«

»Lilli.«

»Ja, gut!« Lilli lachte. Und der letzte verbliebene grüne Apfel färbte sich rot.

Armstrong grinste mit all seinen Zähnen und klatschte in die Hände. Lillis Lachen stockte, und sie schüttelte den Kopf. Sein Verhalten war absolut nicht affenartig! Wenn Schimpansen sich freuten, dann keuchten sie abgehackt und lautlos, aber sie grinsten und klatschten nicht! Das taten nur Menschen. Armstrong war Lilli ein einziges Rätsel. Nicht nur seine untypischen Gebärden waren merkwürdig. Lilli fragte sich auch, wie es kam, dass er nicht wusste, dass er ein Affe war. Hatte er womöglich allein gelebt, ohne andere Affen? War das der Grund, warum er so schlecht sprechen konnte?

Armstrong kletterte auf Lillis Schreibtisch. »Nane?«, grunzelte er und schnüffelte an Lillis leerem Obstteller. Da entdeckte Armstrong zwischen zwei Bücherstapeln einen Schokoriegel und zog ihn hervor. Geschickt riss er die bunte Verpackung auf, schob sich den Riegel komplett in den Mund und gluckste zufrieden. Lilli beobachtete ihn staunend. Es schien nicht das erste Mal zu sein, dass er solch eine Verpackung öffnete. Mit dem Riegel kannte er sich besser aus als mit dem Obst!

»Komisch«, murmelte sie. Das bedeutete, dass er keinesfalls aus einem Zoo entlaufen sein konnte. In keinem Zoo der Welt wurden Affen mit Schokoriegeln gefüttert!

Aber wo kam Armstrong dann her?

Lilli wusste, wer ihr dabei helfen konnte, Antworten auf diese Fragen zu finden. Aufgekratzt rief sie Jesahja auf dem Handy an.

Nächtlicher Angriff

Lilli schilderte Jesahja in knappen Sätzen, was passiert war. Fünf Minuten später stand er vor der Haustür der Susewinds, und Lilli ließ ihn herein.

»Ich hoffe, Onkel Kornelius hat nicht gehört, dass ich mich rausgeschlichen habe«, flüsterte Jesahja. »Ist der Affe oben in deinem –«

Da erklang ein lautes Poltern und Krachen.

»Lilli!«, vernahmen sie im nächsten Moment Bonsais Stimme. »Der Haarmann hat dein Zimmer kaputtgemacht!«

Sie hetzten die Treppe hinauf und stürmten

in Lillis Zimmer. Dort sahen sie die ganze Bescherung: Ein schmaler Glasschrank, in dem Lilli Porzellanfigürchen aufbewahrte, war umgestürzt. Auf dem Boden lagen überall Glasscherben und Figürchen herum.

»Der Haarmann ist oben auf den Zimmerbehältern rumgeturnt«, kläffte Bonsai, »und als er auf den durchsichtigen Behälter gesprungen ist, hat er zu viel Schwung gehabt und alles ist umgekippt!«

Lilli nahm Bonsai auf den Arm, damit er nicht in eine Scherbe trat, und blickte sich suchend im Raum um. Wo war Armstrong? Sie entdeckte ihn auf der Fensterbank. Er versteckte sich hinter der Gardine. Lilli sah nur seine Füße, die unter der Gardine hervorlugten. Doch im nächsten Augenblick streckte er den Kopf hervor und starrte Lilli mit großen, ängstlichen Augen an. »Bitte … nicht wehtun.«

»Was?« Lilli schüttelte entsetzt den Kopf. »Nein, ich werde dir nicht wehtun!«

Sie hörten Schritte im Flur. Der Affe versteckte sich hastig wieder hinter der Gardine.

»Was ist denn das für ein Lärm?« Lillis Eltern und Lillis Oma erschienen im Türrahmen. Frau

Susewind standen die Haare zu Berge, Lillis Vater rieb sich die Augen und Lillis Oma gähnte. Als die drei aber den umgestürzten Glasschrank und die ganzen Scherben sahen, war ihre Müdigkeit schnell verflogen. »Ach du meine Güte!«, entfuhr es Oma.

Lillis Mutter schloss die Augen und schien im Stillen bis zehn zu zählen. »Ich habe nur eine Frage«, sagte sie. »Wie ist das passiert?« Sie wies mit dem Kopf auf die Scherben. »Und wieso ist Jesahja mitten in der Nacht hier? Und warum steht das Fenster sperrangelweit offen?«

Jesahja murmelte: »Das waren drei Fragen.«

Frau Susewind warf ihm einen warnenden Blick zu und Jesahja schaute zerknirscht auf seine Schuhspitzen.

»Also …« Lilli entschloss sich, sofort mit der Wahrheit herauszurücken. »Das mit dem Schrank war ein Schimpanse aus dem Park. Er hat meinen Schokoriegel gegessen.«

Lillis Eltern und ihre Oma starrten sie verständnislos an.

»Ich meine, ich hab ihm natürlich auch Obst und andere gesunde Sachen gegeben«, fügte Lilli hinzu. Jesahjas Gesichtsausdruck verriet ihr, dass sie sich nicht besonders gut ausdrückte.

»Es war der Haarmann!«, bellte Bonsai auf Lillis Arm, aber niemand beachtete ihn.

Lilli überlegte. »Am besten zeige ich es euch, anstatt zu reden.« Sie wandte sich an die Gardine. »Bitte komm raus.«

Nichts geschah. Lillis Oma räusperte sich. »Mit wem sprichst du, Schatz?«

»Bitte!«, rief Lilli der Gardine zu, und sie glitt zur Seite. Dahinter kam der Kopf des Schimpansen zum Vorschein. Scheu sah er in die Runde.

»Himmel! Ein Affe!«, gellte Frau Susewind, und Armstrong fuhr erschrocken zusammen.

»Nicht so laut, Mama!«, mahnte Lilli. »Er hat Angst.«

»Er? ICH habe Angst!«, rief Frau Susewind. »Um die Einrichtung! Um das teure Parkett! Schau dich mal hier um! Das war doch bestimmt dieses Tier!« Sie baute sich vor Lilli auf und fuchtelte mit den Händen herum. »Was hat der Affe hier zu suchen, Liliane?«, fragte sie in scharfem Ton.

Da schrie Armstrong auf. »Nicht! Frau … weg!« Kreischend sprang er von der Fensterbank und stürzte sich auf Lillis Mutter. Wie der Blitz kletterte er auf ihre Schulter, zerrte an ihrem Haar und kreischte: »Lilli weglaufen!«

Frau Susewind begann vor Schreck und Schmerz zu schreien, während Lilli mit offenem Mund danebenstand. Dann besann sie sich und rief: »Hör sofort damit auf!«

Der Affe hielt inne und ließ den Haarschopf ihrer Mutter los. Frau Susewind erkannte ihre Chance und schüttelte den Schimpansen mit einer hektischen Bewegung ab. Armstrong landete auf dem Boden und quiekte markerschütternd.

»Er ist in eine Scherbe getreten!« Lilli kniete sich vorsichtig neben Armstrong. Mit schmerzverzerrtem Gesicht hielt der Affe sich den Fuß. »Bitte, ich will dir helfen«, sagte sie, und Armstrong zeigte ihr die Wunde. Eine große Scherbe steckte in der Fußsohle.

Lillis Vater rief: »Oje! Ich hole einen Verbandskasten!« und verschwand.

»Warum hat der Affe mich angegriffen?«, wollte Frau Susewind wissen.

»Er dachte, ich sei in Gefahr«, antwortete Lilli.

»Wie kommt er denn auf so etwas? In unserem Haus gibt es nichts, wovor du Angst haben müsstest!«

»Er dachte, du wärest eine Gefahr für mich. Deine Stimme war laut und drohend, und du hast dagestanden, als ob du mich angreifen wolltest.« Lilli sprach leise und schnell und bemühte sich währenddessen, die Scherbe aus Armstrongs Fuß zu ziehen. Der Affe wimmerte leise.

Lillis Vater kam mit dem Verbandskasten ins Zimmer zurück. »Lass mich mal sehen.«

Armstrong wich vor Herrn Susewind zurück, und Lilli erklärte: »Schon gut, er wird deine Wunde verbinden.«

Lillis Vater kümmerte sich nun um Armstrong und Lilli richtete sich auf. Ihre Mutter stand mit hängenden Schultern da. »Es tut mir leid«, murmelte sie. »Aus der Sicht des Affen sah es wahrscheinlich wirklich so aus, als wollte ich dich angreifen.« Sie senkte den Kopf. »Ich habe mich wohl wieder mal zu sehr aufgeregt.«

Lilli kräuselte die Nase. Ihre Mutter war manchmal schrecklich aufbrausend, aber sie hatte sich schon gebessert. »Wir haben den Schimpansen vor zwei Tagen im Park entdeckt«, sagte

Lilli und erzählte nun die ganze Geschichte. Alle hörten ihr aufmerksam zu. Lilli schloss mit den Worten: »Und wegen seiner Arme habe ich ihn Armstrong genannt.«

Jesahja grinste.

»Er kann nicht hierbleiben«, entschied Lillis Oma. »Er würde alles auf den Kopf stellen. Außerdem braucht er eine artgerechte Umgebung.«

Lillis Vater schien der gleichen Meinung zu sein. »Am besten wäre er im Zoo aufgehoben.«

Lilli war sich nicht sicher, ob das die beste Lösung war. »Wenn Armstrong im Zoo ins Schimpansengehege käme, würden die anderen Affen ihn wahrscheinlich nicht besonders freundlich behandeln. Er kann schließlich kaum sprechen!« Lillis Augenbrauen zogen sich zusammen. »Ich will nicht, dass er von den anderen ausgestoßen wird.«

Jesahja grübelte. »Ich wette, Oberst Essig fällt etwas ein, um das zu verhindern.«

Einige Stunden später klingelte es. Mittlerweile war es früher Morgen. Lilli und Jesahja öffneten die Tür.

»Wo ist der *Pan troglodytes?*« Die schneidende Stimme hätte jeden anderen zusammenfahren lassen, aber Lilli kannte die Zoodirektorin inzwischen gut und ließ sich nicht mehr so leicht von ihr einschüchtern.

Mit drei zackigen Schritten betrat Frau Essig-Steinmeier das Haus. Sie war eine große, Achtung gebietende Erscheinung mit pfeilgeradem Rücken und durchdringendem Blick. Begleitet wurde sie von Finn, dem achtzehnjährigen, blauäugigen Tierpfleger, der sein hellbraunes Haar wie immer zu einem Pferdeschwanz zusammengebunden hatte.

»Pan tro…glo…«, wiederholte Lilli fragend.

»Das ist die wissenschaftliche Bezeichnung für einen Schimpansen«, raunte Jesahja ihr zu.

Frau Essig-Steinmeier schnippte mit den Fingern. »Richtig, Jesahja Sturmwagner! Ich sehe, die Ferien haben deinem hellen Köpfchen nicht geschadet.« Lilli und Jesahja waren erst seit wenigen Tagen aus dem Sommerurlaub zurück und hatten die Direktorin wochenlang nicht gesehen.

»Nein, funktioniert alles noch«, erwiderte Jesahja und tippte sich an die Stirn.

Finn fragte neugierig: »Ihr habt wirklich einen Schimpansen im Park gefunden?«

Lilli nickte. »Kommt mit, er ist oben.«

Gemeinsam betraten sie Lillis Zimmer. Armstrong saß auf dem Bett neben Bonsai. Der kleine Hund hatte seine Schnauze auf das Bein des Affen gelegt und schnarchte leise.

Als die vier Menschen näher kamen, setzte Armstrong sich sprunghaft auf und Bonsai erwachte. »Bringen die meinen Kumpel jetzt weg?«, fragte er verschlafen.

»Ja«, bestätigte Lilli, während Frau Essig-Steinmeier »Bemerkenswert« murmelte und den Affen genau betrachtete.

Armstrong starrte die Direktorin und Finn ängstlich an.

»Alles in Ordnung«, flüsterte Lilli ihm zu, »diese Leute bringen dich in dein neues Zuhause.«

»Hause?«, grunzelte Armstrong.

»An einen Ort, wo du gut leben kannst und wo es immer genug zu essen gibt!«

Der Affe wiegte den Kopf hin und her. »Hause … hier?«

»Nein, hier kannst du leider nicht bleiben.«

»Hier … genug essen. Lilli. Bon…sai. Hier … Hause?« Der kleine Schimpanse sah sie hoffnungsvoll an.

Lilli wurde das Herz schwer. »Nein, das geht wirklich nicht.«

Frau Essig-Steinmeier trat an den Affen heran. »Er ist unterernährt und hat sehr schlechtes Fell«, stellte sie fachkundig fest. »Entweder lebt er schon lange unter schlimmen Bedingungen in Freiheit oder er wurde sehr schlecht versorgt.« Sie seufzte. »Wir werden ihn erst einmal einzeln halten müssen und versuchen, ihn aufzupäppeln. Darum wirst du dich persönlich kümmern, Finn Landmann.«

Finn straffte den Rücken. »Jawohl.«

»Bevor er zu den anderen Schimpansen gelassen werden kann, müssen wir außerdem sicherstellen, dass er keine Krankheiten hat«, fuhr die Direktorin fort. »Und dann gibt es noch eine wichtige Aufgabe für dich, Liliane.«

Lilli hielt die Luft an.

»Du musst ihm Sprechen beibringen. Was du mir über seine Verständigungsversuche erzählt hast, ist besorgniserregend. So kommt er mit den anderen Schimpansen auf keinen Fall zurecht.« Sie blickte Lilli scharf an. »Wenn du mit ihm redest, klingt es für ihn wie Schimpansisch, richtig?«

Lilli nickte. Das war ihr Talent. Wenn sie mit Tieren sprach, hörten diese keine Menschenlaute, sondern ein Bellen oder Miauen oder Keckern – je nachdem, mit welchem Tier sie sich gerade unterhielt. Deshalb klang sie für Armstrong wie ein Schimpanse.

»Rede so viel wie möglich mit ihm«, bat die Direktorin, »damit er später mit anderen Affen in Kontakt treten kann.«

»Das mache ich gern«, versicherte Lilli und freute sich nicht nur darüber, Armstrong helfen zu können, sondern auch darauf, bald wieder Zeit im Zoo zu verbringen. Seit Wochen war sie nicht mehr dort gewesen, und sie vermisste die Tiere. Einige von ihnen waren zu guten Freunden geworden.

Es klingelte erneut. Lilli und die anderen gingen hinunter. Onkel Kornelius stand vor der Tür. »Jesahja! Hier bist du!«, rief er erleichtert. »Ich hab dich überall gesucht!«

Jesahja blickte schuldbewusst drein. »Äh, ich hab ganz vergessen, dir Bescheid zu sagen, dass ich hier bin. Es ist was passiert. Wir haben einen Schimpansen im Park gefunden. Jetzt ist er oben in Lillis Zimmer.«

»Einen Schimpansen?«, fragte Kornelius ungläubig. »Das müsst ihr mir genauer erzählen.«

»Am besten beim Frühstück!« Herr Susewind kam aus der Küche. In der Luft lag der Duft von frischen Brötchen, Rührei, Pfannkuchen und Kakao. »Sie sind alle herzlich eingeladen.«

Bereitwillig setzten sich alle an die üppig gedeckte Tafel im Esszimmer zu Lillis Mutter und Oma und langten ordentlich zu. Währenddessen berichtete Jesahja seinem Onkel, wie sie den Affen entdeckt hatten. Kornelius hörte sehr genau zu und stellte viele Fragen. Schließlich schlug er Jesahja lachend auf den Rücken und sagte: »Was ihr Kinder so alles erlebt, ist viel spannender als jeder Erwachsenenjob. Sollen wir tauschen?« Er brach in schallendes Gelächter aus.

»Lieber nicht«, sagte Jesahja und grinste. »Ich bin ganz zufrieden, ich zu sein.«

Ein neues Zuhause

Nach dem reichhaltigen Frühstück brachen Lilli, Jesahja, Frau Essig-Steinmeier und Finn auf. Lilli weckte Armstrong, der auf dem Bett neben Bonsai eingeschlafen war, und nahm ihn an die Hand. Mit seinem verbundenen Fuß humpelte er leicht, doch er folgte Lilli bereitwillig zum Auto der Direktorin. Bonsai stand unterdessen in der Haustür, schaute ihnen nach und bellte: »Komm bald wieder, Haarkumpel!«

Während der Fahrt rutschte der Affe unruhig auf dem Sitz hin und her. Autofahren gefiel ihm offenbar ganz und gar nicht, und er schnaufte froh, als sie kurz darauf wieder ausstiegen. Sie betraten den Zoo durch das große Eingangstor, und Lilli fühlte sich, als käme sie nach Hause. Die vertrauten Tiergeräusche, die schönen Zoopfade und die vielen Zooangestellten, die sie freundschaftlich grüßten, zauberten ein glückliches Lächeln in ihr Gesicht.

Armstrong schnüffelte hierhin und dorthin. »Was …?«, grunzelte er und spitzte die Ohren. Das leise Murmeln der zahllosen Tierstimmen schien ihn zu verwirren. »Viele …«

»Ja, viele Tiere leben hier. Hab keine Angst.«

Armstrong keuchte aufgeregt.

Als sie am Wolfsgehege vorübergingen, deutete der Affe mit dem Finger auf den Leitwolf und rief: »Hund!«

Lilli lächelte. »Nein, das ist ein Wolf. Hunde sind Wölfen aber sehr ähnlich.« Sie winkte dem Leittier. »Hallo Zorro!«

Der Wolf trabte an das Gitter heran. »Lilli!«, grüßte er. »Du warst lange fort.«

»Ja, aber ich besuche euch in Zukunft wieder öfter.«

Der Wolf schien mit dieser Antwort sehr zufrieden zu sein. Er legte den Kopf in den Nacken und begann zu heulen. »Lilli ist zurück! Wir sind wieder vollzählig!«

Die anderen Wölfe fielen nach und nach mit ein. »Rudel vollzählig!«, jaulten sie. Durch den ganzen Zoo hallte das schöne Wolfskonzert, und Lilli fühlte sich sehr geehrt.

»Nicht bummeln!«, ermahnte Frau Essig-Steinmeier und erinnerte sie daran, dass es Wichtigeres gab, als den Zootieren Hallo zu sagen. Mit Armstrong an der Hand schloss Lilli zu den anderen auf, und gleich darauf betraten sie das Affenhaus.

Die Schimpansen, Gorillas und Orang-Utans befanden sich an diesem sonnigen Morgen allesamt in den Außengehegen, doch ein paar Paviane waren in ihrem Innenkäfig und sahen Lilli hereinkommen. Augenblicklich veranstalteten sie ein riesiges Affentheater. »Lilli ist wieder da!«, johlten sie, hämmerten gegen die Scheiben und sprangen begeistert durcheinander.

Armstrong versteckte sich hinter Lillis Beinen vor den lärmenden Affen. Aber die Paviane hatten ihn gesehen. »Der hat Angst vor uns!«, kreischte einer von ihnen. »Was ist das überhaupt für einer?«

SCHWÄCHLING
DER
hat ANGST

»Ein Schwächling!«, schrie ein anderer Pavian. »Wie mickrig der aussieht!«

Lilli war sich nicht sicher, wie viel Armstrong von ihrem Gekreische verstand. Die Sprachen der Paviane und Schimpansen waren sich, wie alle Affensprachen, sehr ähnlich.

Armstrong spähte zwischen Lillis Beinen hervor, zuckte aber zurück, als er merkte, dass die Paviane ihn angafften.

Lilli und die anderen gingen im Eilschritt am Gehege der Paviane vorüber und beachteten die Tiere nicht weiter.

»Das hier steht zurzeit leer«, verkündete Frau Essig-Steinmeier und blieb vor einem hübschen Gehege stehen, in dem Lianen, eine Hängematte und dicke Äste zum Klettern einluden. Da auf beiden Seiten große Scheiben waren, konnte man vom Gehege aus sowohl die anderen Käfige des Affenhauses sehen, als auch nach draußen schauen.

»Mir nach!«, ordnete die Direktorin an, schloss die Tür auf, und alle folgten ihr. Armstrong guckte sich um und schien sich am liebsten irgendwo verstecken zu wollen.

»Hier tut dir keiner was.« Lilli legte ihm die

Hand auf die Schulter. »Niemand außer uns kommt hier rein.«

Armstrong hörte ihr konzentriert zu. Dann schnupperte er vorsichtig an einem Baumstamm, schnüffelte an einer Liane und kletterte schließlich auf die Hängematte. Wachsam nahm er sein neues Revier Winkel für Winkel in Augenschein. Schließlich kam er zu Lilli zurück, klopfte auf den Boden und fragte: »Hause?«

Lilli lächelte. »Ja, das ist jetzt dein Zuhause.«

»Gut.« Armstrong klopfte noch einmal auf den Boden.

Draußen vor der Glasscheibe bewegte sich etwas, und Armstrong schaute neugierig hinaus. Vor der Fensterfront saßen zwei Schimpansen.

Jesahja war verblüfft. »Wie kommen die denn da hin?«

»Das Außengehege der Schimpansen ist ziemlich groß, und ein Teil davon liegt vor Armstrongs Fenster«, erklärte Finn. »Wir dachten, es wäre gut, wenn seine zukünftigen Rudelmitglieder und er sich für eine Weile durch die Scheibe beobachten können, bevor sie sich richtig kennenlernen. Auf diese Weise gewöhnen sie sich schon mal aneinander.«

Lilli musterte Armstrong. Der kleine Schimpanse saß wie eingefroren da und starrte auf die Wesen vor dem Fenster. Dann wies er mit dem Finger auf die beiden. »Wer?«

»Das sind Affen. Schimpansen …«, erwiderte Lilli mit weicher Stimme. »Sie sind wie du.«

»Wie ich.« Er pochte leicht auf seine Brust.

Die Schimpansen betrachteten den Neuankömmling voller Neugier und sprachen leise miteinander. Lilli konnte durch die dicke Außenscheibe allerdings nicht hören, was sie sagten. Sie hoffte, dass sie Armstrong nicht ebenso verlachten wie die Paviane. Aber ihre ganze Haltung wirkte freundlich und offen. Der eine Schimpanse war ein Weibchen, das Tikitomba hieß. Der andere, Oliver, war der Anführer der Schimpansengruppe. Lilli kannte ihn gut. Er war ein groß gewachsener, starker Kerl, der stets den Ton angab. Deswegen wurde er meistens King Olli genannt.

»Die beiden finden dich interessant«, sagte Lilli nun, doch Armstrong verbarg sich wieder schüchtern hinter ihren Beinen. King Ollis und Tikitombas Blicke schienen ihn zu verunsichern, und das machte Lilli nachdenklich. »Es wäre gut, wenn Armstrong die Möglichkeit hätte, sich zwischendurch auch mal zu verkriechen«, flüsterte Lilli der Direktorin zu. »Ich glaube, wenn ihn die anderen Schimpansen oder die Zoobesucher ständig anstarren, fühlt er sich nicht wohl.«

Frau Essig-Steinmeier zog die rechte Augenbraue in die Höhe. »Das ist ein guter Hinweis, Susewind.« Sie verschränkte die Hände auf dem Rücken und sagte: »Er bekommt ein Bettlaken! Unter dem Laken kann er sich jederzeit verstecken, wenn er will.« Sie schnippte mit den Fingern. »Landmann, bitte hol eins. Und bring gleich etwas Ordentliches zu fressen für den Schimpansen mit. Die Bananen, die hier für ihn liegen, sind ja noch ganz grün!«

»Sofort, Oberst Essig … äh, ich meine, Frau Direktorin.« Finn lief rot an und verschwand.

»Nun muss ich mich um einige wichtige Angelegenheiten kümmern«, erklärte Frau Essig-Steinmeier ungerührt. »Kommt ihr fürs Erste allein zurecht?«

Lilli und Jesahja bejahten. Die Direktorin verabschiedete sich und marschierte mit großen, forschen Schritten davon.

Armstrong hinkte unterdessen zu dem Bananenbüschel, das in einer Ecke des Geheges lag. Er schnüffelte an den Früchten, tippte prüfend mit dem Finger darauf und verzog unzufrieden das Gesicht. Dann nahm er das ganze Büschel und zog es hinter sich her. »Nane!«, rief er Lilli zu. »Hart!« Er riss eine Banane vom Büschel ab und streckte sie Lilli entgegen. »Du … Nane … weich!«

Lilli nickte lächelnd und nahm die Banane. Sie musste sich diesmal gar nicht erst etwas Lustiges vorstellen, denn Armstrongs erwartungsvoller, beinahe ehrfürchtiger Gesichtsausdruck genügte, um sie zum Lachen zu bringen. Sofort verfärbte die Banane sich.

Jesahja schnalzte anerkennend mit der Zunge. Gleichzeitig klatschte der Schimpanse grinsend in die Hände, schnappte sich die reife Frucht, brach sie mittendurch und matschte sich das Bananenfleisch in den Mund.

Bevor Lilli erneut darüber nachdenken konnte, wie eigenartig Armstrongs Verhalten war, sagte Jesahja: »Das ist eine gute Gelegenheit, ihn zu fragen, wo er eigentlich herkommt und wie er im Park gelandet ist.«

Der Affe schleckte nun genüsslich die Bananenschale ab, biss hinein und kaute mit skeptischer Miene darauf herum.

Lilli pustete sich grinsend eine Locke aus der Stirn. »Ich weiß nicht, ob er sich schon so gut ausdrücken kann«, antwortete sie Jesahja. »Aber ich werde ihn fragen.« Sie nahm neben dem kleinen Schimpansen Platz. »Armstrong, kannst du mir erzählen, wo du früher gewesen bist, bevor wir uns kennengelernt haben?«

Der Affe dachte nach und schluckte die Schale hinunter. »Bäume, viele. Loch ... im Baum. Ich ... weg.«

Lilli beachtete Armstrongs Körpersprache ebenso sehr wie die Laute, die er hervorstieß. »Du hast dich im Park in einer Baumhöhle versteckt?« Nun war ihr klar, warum die Vögel ihn nicht gefunden hatten! »Und bevor du im Park gelebt hast? Wo warst du da?«

Armstrong schaukelte vor und zurück. »Kasten. Dunkel. Ich ... Angst.«

»Was für ein Kasten? Bist du in einem dunklen Käfig gehalten worden?«

Armstrong schaukelte schneller vor und zurück. Die Erinnerung schien ihm Angst zu machen. »Manchmal … ich draußen … bei Mann. Mann hat Futter.«

»Was für ein Mann?«

»Mann … groß. Kasten … klein.« Der Schimpanse begann zu hecheln. »Draußen … Haus … Wasser um Haus.«

»Da war ein Wassergraben um das Haus? Oder ein Teich?«

Armstrong schüttelte sich. »Tiere. Viele. Auch … Angst.«

»Es gab noch andere Tiere? In anderen Käfigen?«

»Tiere … nicht Haare.«

»Tiere ohne Fell?«

»Viele Beine … keine Beine«, antwortete Armstrong. Dann stand er jäh auf, humpelte zu einer Liane und zog sich mit den Armen daran hoch. Offenbar wollte er nicht weiter über dieses Thema reden. Lilli schaute ihm betreten nach. Hatte sie ihn mit ihren Fragen zu sehr bedrängt?

»Was sagt er?«, fragte Jesahja.

»Ich glaube, er wurde von einem Mann in einem kleinen, dunklen Käfig gehalten und nur selten rausgelassen und gefüttert«, fasste sie zusammen. »Um das Haus war offenbar ein Wassergraben oder so etwas, und es gab noch andere Tiere in kleinen Käfigen.«

»Was für Tiere?«

»Das weiß ich auch nicht.« Lilli kaute auf ihrer Unterlippe. »Tiere mit vielen Beinen und Tiere ohne Beine. Hmm …«

»Spinnen und Schlangen?«

Lilli schlug sich gegen die Stirn. »Natürlich! Das muss es sein!« Jesahjas Gehirn arbeitete einfach viel schneller als ihres.

»Es könnten auch Schnecken oder Würmer sein. Oder Tausendfüßer. Oder Ameisen!«, überlegte Jesahja laut. »Es gibt jede Menge Tiere, die keine Beine oder viele Beine haben. Aber in Käfigen hält man die eigentlich nicht.« Er kratzte sich am Hinterkopf. »Ich werde mir das Ganze mal durch den Kopf gehen lassen.«

Da kam Finn zurück. »Na, wie läuft es?«, fragte er, während er eine große Schüssel mit Futter auf dem Boden abstellte.

»Armstrong spricht schon mehr als vorher, aber es ist trotzdem schwierig, etwas aus ihm herauszubekommen«, antwortete Lilli.

»Ich hab ein Bettlaken für ihn.« Finn breitete

ein großes weißes Stück Stoff auf dem Boden aus. Armstrong sah es, kam jedoch nicht wieder zu ihnen herunter.

»Unter diesem Tuch kannst du dich verstecken, wenn du möchtest«, rief Lilli ihm zu, doch der Affe reagierte nicht. »Ich glaube, er braucht etwas Zeit, um sich an die neue Umgebung zu gewöhnen«, sagte sie und dachte schuldbewusst daran, dass er wohl vor allem das Gespräch mit ihr verdauen musste. »Können wir morgen wiederkommen?«

»Klar«, erwiderte Finn. »Es wäre bestimmt gut für Armstrong, wenn er dich jeden Tag sehen würde.«

Lilli nickte. »Dann drehen wir doch jetzt eine Runde durch den Zoo und besuchen ein paar Tiere«, schlug sie Jesahja vor, und Vorfreude breitete sich in ihr aus.

Freunde und Feinde

Nachdem Lilli zuerst bei den Elefanten vorbeigeschaut und sich vergewissert hatte, dass es der Elefantendame Marta und ihrem Söhnchen Ronni gut ging, machte sie sich mit Jesahja auf den Weg zu den Raubkatzen. Der Löwe Shankar und die Tigerin Samira lebten gemeinsam in einem schönen großen Gehege. Lilli hatte vor einigen Monaten mit Jesahjas Hilfe verhindert, dass die beiden getrennt wurden, denn der große, stolze Löwe und die kluge Tigerin waren ineinander verliebt! Das war sehr ungewöhnlich, schließlich blieben Löwen und Tiger normalerweise lieber unter sich. Doch Shankar und Samira waren ein Herz und eine Seele. Lilli konnte es kaum erwarten, sie wiederzusehen.

Als sie vor das große Außengehege der Raubkatzen traten, entdeckten Shankar und Samira sie sofort, stürmten ans Gitter und riefen: »Lilli! Endlich! Da bist du ja wieder!« Sie sprangen freudig am Gitter hoch und steckten die Nasen durch die Stäbe. Lilli strahlte von einem Ohr zum anderen, ging näher heran und streichelte sie, während Samira ihre lange Zunge durch das Gitter schob und tigerfreundschaftlich über Lillis Hand leckte. Zum Glück hatte der Zoo noch nicht geöffnet und es waren keine Besucher da, die sich deswegen hätten wundern können.

Als Samira mit dem Schlecken fertig war, raunte sie mit ihrer tiefen Raubkatzenstimme: »Lilli, wir haben Neuigkeiten.«

»Was denn für welche?«

Shankar warf sich in eine majestätische Pose. »Ein Riesenereignis steht bevor!« Durch seine buschige Löwenmähne strich der Morgenwind, und Lilli dachte zum wiederholten Mal, dass Shankar eines der schönsten Tiere war, das sie je gesehen hatte. Aber wovon sprach er?

Schon verkündete der Löwe: »Ich werde Vater!«

Lilli fiel vor Staunen das Kinn herunter. »Samira, du bekommst Junge?«, rief sie, und Jesahja grinste überrascht.

Mit stolzgeschwellter Brust tönte Shankar: »Wir bekommen die stärksten und schnellsten Löwensöhne, die die Welt je gesehen hat!«

Samira warf ihm einen liebevoll-tadelnden Blick zu.

»Euer Nachwuchs wird halb Löwe, halb Tiger sein – Liger eben«, wandte Lilli ein. »Außerdem könnten es Töchter werden.«

Der Löwe überhörte ihren Einwand. »Die Shankar Juniors – unbesiegbar, unübertroffen, übermächtig!« Er fuhr peitschenartig mit der Pranke durch die Luft, als kämpfe er gegen einen unsichtbaren Angreifer. »Pass auf! Zack!«

Lilli lachte. Sie war froh, dass Shankar und Samira noch immer ganz die Alten waren. »Das werden bestimmt Superheldenliger!«

Eine Zeitlang saßen sie nun bei den Großkatzen, und Lilli erzählte, was sie in diesem Sommer erlebt hatten. Die Tiere hörten staunend zu. Sie konnten sich zwar beim besten Willen nicht vorstellen, was ein *Delphin* sein sollte, aber sie lauschten Lillis Geschichten andächtig und fasziniert. Nach einer Weile verabschiedeten sich Lilli und Jesahja, denn sie wollten noch beim Nachbarn von Shankar und Samira vorbeischauen – bei Fürst Feodor, dem vornehmen Leoparden.

»Welch seltenes Ereignis!«, begrüßte die fein gefleckte Raubkatze sie launisch, sobald sie vor ihrem Gehege standen. Feodor lag auf seinem Lieblingsast in einem Baum, ließ den Schwanz gemächlich hin und her schwingen und machte keine Anstalten, herunterzukommen. »Seit geraumer Zeit haben Sie meine Wenigkeit nicht mehr mit einem Besuch beehrt, Fräulein Susewind.«

»Das stimmt, verzeihen Sie mir«, bat Lilli artig. Offenbar war der Fürst beleidigt. Lilli unterdrückte ein Grinsen. Wie viel er mit Frau von Schmidt gemeinsam hatte! Es war nicht überraschend, dass er und die Katzenlady sehr voneinander angetan gewesen waren, als Frau von Schmidt Lilli vor einiger Zeit ein paar Mal in den Zoo begleitet hatte.

»Geht es Ihnen gut?«, fragte Lilli.

»Mir ist langweilig.« Diese Antwort kannte Lilli bereits von dem Leoparden. Er schloss die Augen zur Hälfte, um zu unterstreichen, wie gelangweilt er war. »Denken Sie, die reizende Schnurrdame namens Schmidt wird mir in Bälde wieder einmal das Vergnügen ihrer Anwesenheit gewähren?«

Lilli hatte mit dieser Frage gerechnet. »Ich werde sie fragen und schauen, ob ich sie mitbringen kann.«

»Famos.« Feodor schloss die Augen ganz. »Nun möchte ich ruhen. Bitte entfernen Sie sich möglichst geräuschlos.«

Lilli und Jesahja waren entlassen. Bevor der Zoo in einer halben Stunde öffnete, wollte Lilli nun unbedingt noch zu Captain Caruso, dem unerschrockenen Otter, und seinem Weibchen Ursel.

Als sie gerade auf das Ottergehege zustrebten, stieß Jesahja Lilli in die Seite. Auf dem Weg kam ihnen jemand entgegen – ein etwa zehnjähriges, groß gewachsenes Mädchen mit blondem Pferdeschwanz und Sommersprossen. Sie trug eine Schaufel und einen Eimer. Neben ihr schob Finn eine Schubkarre vor sich her.

Als das Mädchen Lilli und Jesahja sah, spuckte es auf den Boden. Vor dem Ottergehege trafen die vier aufeinander und blieben stehen. Jesahja sagte tonlos: »Hallo Trixi«, und Lilli grummelte: »Hmpf.« Was hätte sie nicht alles dafür gegeben, wenn sie dieses Mädchen nie wieder hätte sehen müssen! Trixi Korks war für Lilli das, was einer Feindin am nächsten kam. Immer wieder hatte dieses Mädchen versucht, ihr zu schaden und ihr eins auszuwischen. Beim letzten Mal waren Lilli und Jesahja dadurch sogar in Lebensgefahr geraten. Trixi und ihre große Schwester Trina, die damals im Zoo arbeitete, hatten sie im Reptilienhaus eingesperrt und eine giftige Kobra freigelassen! Zum Glück war niemand ernsthaft zu Schaden gekommen. Die Bosheit der Korks-Schwestern hatte die Zoodirektorin jedoch dazu veranlasst, Trina zu feuern und Trixi eine Strafe aufzubrummen: Ein halbes Jahr lang musste sie im Zoo Mist schippen und helfen, die Ställe sauber zu halten. Dabei sollte immer ein Pfleger in ihrer Nähe sein und auf sie aufpassen. Offensichtlich war der arme Finn an diesem Tag beauftragt worden, dafür zu sorgen, dass Trixi keinen Unsinn anstellte.

Trixi stierte Lilli nun hasserfüllt an. »Hallo Miststück!«, knurrte sie. Ihre Finger kneteten den Stiel der Schaufel, als wolle sie Lilli am liebsten damit schlagen.

Zum Glück stand Finn neben ihr. Mit nachdrücklicher Stimme sagte er: »Wenn du Lilli noch einmal so nennst, behalte ich dich die ganze Nacht über hier und lass dich das Seehundbecken schrubben.«

Über Trixis Gesicht huschte ein arrogantes Grinsen und sie lehnte sich lässig auf die halbhohe Glasscheibe, die das Otterrevier umgab. Doch als Finn sie böse ansah, schien sie zu begreifen, dass er es ernst meinte.

»Warnung!«, ertönte plötzlich die Stimme des Otters. »Da ist das Mädchen mit den gelben Haaren! Warnung!« Captain Caruso tänzelte alarmiert vor seinem Bau hin und her. »Achtung, Weib! Bring dich in Sicherheit!«

Ursel kam aus dem Bau gelaufen. »Oje!«, piepste sie. »Die Gelbe! Bloß weg hier!«

»Wahrhaftig!«, rief Captain Caruso. »Abtauchen!« Ursel flitzte zum Teich und Caruso folgte ihr beschützerisch.

»Halt!«, rief Lilli und trat näher an die Scheibe, damit die Otter sie ebenfalls sehen konnten. »Ihr müsst nicht fliehen.«

Ursel blieb abrupt stehen. Captain Caruso stieß mit ihr zusammen, und beide purzelten über den Boden. »Das Ottermenschenmädchen!«, fiepte Caruso und rappelte sich auf. »Potzblitz! So was! Sehe ich richtig?«

»Ja, ich bin es«, bestätigte Lilli. »Die Gelbe ... also, ich meine, dieses Mädchen hier, wird euch nichts tun. Versprochen.« Sie warf Trixi einen warnenden Blick zu.

Caruso und Ursel kamen näher. »Wirklich nicht?« Trixi hatte Captain Caruso vor einiger Zeit auf gemeine Weise schikaniert und gequält.

Als sie den Ottern antwortete, blickte Lilli Trixi fest in die Augen. »Wenn sie euch was tut, bekommt sie es mit mir zu tun.«

Trixi schüttelte verächtlich den Kopf, sodass ihr blonder Pferdeschwanz hin und her wippte.

»Und mit mir«, fügte Jesahja drohend hinzu.

»Und mit mir«, bekräftigte Finn.

Trixis Miene verdunkelte sich. Nun war es deutlich genug, dass sie dieses Mal keine Chance gegen Lilli hatte. »Misten wir jetzt endlich die Giraffenställe aus oder was?«, fragte sie Finn unwirsch und tat, als sei ihr das Gespräch mit Lilli plötzlich furchtbar lästig.

»Ja, gehen wir.« Finn schob Trixi an Lilli vorbei. »Ich lasse sie nicht aus den Augen«, raunte er ihr im Vorübergehen zu, und Lilli lächelte dankbar.

Sobald Trixi außer Sichtweite war, atmete sie auf. »Wie geht es euch?«, fragte sie die Otter, setzte sich mit Jesahja vor ihr Gehege und hörte ihren kleinen Geschichten zu, bis die ersten Zoobesucher heranspaziert kamen und sie sich verabschieden mussten.

Das Haus des Millionärs

Am darauffolgenden Morgen wurde Lilli von kitzelnden Schnurrhaaren geweckt. »Madame, ich muss Sie bitten, Ihren Schlummer umgehend zu beenden«, maunzte Frau von Schmidt, die auf Lillis Kopfkissen thronte. Bonsai hockte schwanzwedelnd neben ihr. »Was geht ab?«, wuffte er. Das hätte Lilli auch gern gewusst. Schläfrig setzte sie sich auf.

Die Katze schien durch das offene Fenster hereingekommen zu sein. Sie trug eine wichtige Miene zur Schau. »Ich möchte Sie darüber in Kenntnis setzen, dass mein Hausmännchen sich seit geraumer Zeit damit beschäftigt, Flugkörper durch Ihr Fenster zu werfen. Vermutlich mit dem Ziel, Ihre geschätzte Aufmerksamkeit zu erregen«, erklärte sie. »Ich konnte dies nicht länger mitansehen und entschloss mich daher, Sie über seine hilflosen Gebärden zu informieren.« Die Katze strich sich mit der Pfote die Schnurrhaare zurecht. »Insgesamt ist das Hausmännchen sehr eingeschränkt in seinen Fähigkeiten, wie ich anmerken muss. Der neue Dosenöffner erscheint mir hingegen kompetent und vielseitig einsetzbar.«

»Welcher neue Dosenöffner?«, fragte Lilli.

»Mein neuer Hausmann. Er öffnet meine Futterdosen immer pünktlich zum Sonnenauf- und Sonnenuntergang. Sehr löblich.«

»Jesahjas Onkel Kornelius?«

»Nun, ich bin sehr zufrieden mit ihm. Wissen Sie, kürzlich erlegte ich eine ganz vorzügliche Maus und machte sie ihm zum Geschenk.« Die Katze klopfte verzückt mit dem Schwanz auf das Kissen. »Ich muss sagen, er reagierte äußerst gesittet auf meine kleine Aufmerksamkeit.«

»Hat er die Maus etwa gegessen?« Bei der Vorstellung kicherte Lilli.

»Höchstwahrscheinlich.«

»Was?«

»Er steckte die Maus in seine Jackentasche und ging dann fort. Ich nehme an, er hat sich ein friedliches Plätzchen gesucht, um den Leckerbissen in Ruhe genießen zu können.«

Das glaubte Lilli kaum. Aber seltsam war die Sache dennoch. Da traf Lilli ein Kieselstein am Bein. »Au!« Ein weiterer flog hinterdrein. Auf dem Boden lagen noch einige mehr, wie Lilli feststellte. Auf nackten Füßen lief sie zum Fenster. Es dämmerte gerade erst. Deswegen hatte Jesahja wohl nicht geklingelt – und deshalb war Lillis Handy noch nicht eingeschaltet. Er stand neben dem Apfelbaum und bedeutete ihr, zu ihm hinunterzukommen. Lilli zog sich an und schlich aus dem Haus. Acht Pfoten tapsten hinter ihr her.

Jesahja zog sie in die Büsche am Rande des Gartens. Hier war ihr geheimes Versteck für Besprechungen. »Ich hab was rausgekriegt«, begann er ohne Einleitung.

Sie hockten sich im Schneidersitz auf den Boden, und Frau von Schmidt ließ sich hoheitsvoll vor Lilli nieder. »Da ich gerade keine anderen Pläne habe, dürfen Sie mich mit einer Nackenmassage erfreuen«, miaute die Katze großzügig.

Lilli musste lachen. Da bildete sich neben ihr am Busch eine kleine Knospe, die sich zusehends in eine leuchtend rote Rhododendronblüte verwandelte. Es dauerte im Spätsommer jedoch viel länger als im Frühling, bis eine Knospe entstand und sich eine Blüte entfaltete. Um ihre Fähigkeit geheim zu halten, musste Lilli zu dieser Jahreszeit deshalb eher vorsichtig sein, wenn sie in die Nähe von Obstbäumen kam. Ihr Lachen hinterließ immer sogleich farbenfrohe Spuren an den Früchten.

Lilli kraulte Frau von Schmidt nun gehorsam den Nacken und hörte Jesahja gespannt zu.

»Ich habe nochmal über das nachgedacht, was Armstrong dir von diesem Haus erzählt hat«, sagte er. »In der ganzen Stadt existiert nur ein einziges Haus, das von einem Wassergraben umgeben ist.«

»Woher weißt du das?«

»Es gibt ein Programm für den Computer, mit dem kann man alle Gebäude einer Stadt von oben sehen.«

»Was ist das für ein Haus?«

»Eine große Villa am Stadtrand. Sie gehört einem Millionär mit Namen Magnus Obscura. Ich habe einen Artikel über ihn im Internet gefunden. Darin steht, dass er sehr zurückgezogen lebt.«

»Von einem Magnus Obscura habe ich noch nie gehört.« Lilli streichelte Frau von Schmidt nachdenklich. »Glaubst du, Armstrong ist wirklich aus diesem Haus entwischt?«

»Es wäre möglich. So, wie Armstrong es beschrieben hat, könnte es ein geheimes Versuchslabor sein.«

Lilli erstarrte. »Du meinst ein Labor für Tierversuche?«

»Bitte keine unnötigen Unterbrechungen!«, beschwerte sich die Katze, da auch Lillis Hände vor Schreck erstarrt waren. Lilli kraulte sie rasch weiter, und Frau von Schmidt begann zufrieden zu schnurren.

Jesahja machte eine abwiegelnde Handbewegung. »Es ist nur eine Vermutung. Wir sollten uns dieses Haus unbedingt mal näher ansehen. Vielleicht kriegen wir ja irgendwas raus.«

Lilli stimmte zu.

Schon wenig später zogen sie mit ihren Fahrrädern los, zur Villa des Millionärs Magnus Obscura.

Die Route, die Jesahja ausgedruckt hatte, führte sie zum Stadtrand. Als sie über endlos scheinende Feldwege radelten, dachte Lilli schon, sie fänden das Haus niemals. Doch dann fuhren sie um eine Wegbiegung, und da lag es vor ihnen – ein imposantes Gebäude mit weißer Fassade und einem sehr modernen, flachen Dach. Das Haus war durch eine hohe weiße Mauer abgeschottet. Gleich dahinter lag ein breiter Wassergraben, den man von dem erhöhten Feldweg aus gut sehen konnte. Seltsamerweise schien es keine Brücke über den Graben zu geben.

Sie stiegen ab, ließen die Räder hinter einem Baum zurück und schlichen sich im Schutze einer Hecke an die Villa heran. Es war totenstill. Nur die Grillen zirpten in den angrenzenden Feldern.

Eine große Pforte – zwei hohe weiße Flügeltüren, die aussahen, als ließen sie sich nur elektrisch öffnen – schien der einzige Zugang zum Haus zu sein. Lilli ging neugierig auf das Tor zu, da zog Jesahja sie in den Schatten eines Baumes.

»Vorsicht, hier könnten Kameras sein!«, wisperte er. »Wenn wir nicht aufpassen, sieht uns jemand.«

Lillis Puls beschleunigte sich. Auf einmal wurde ihr bewusst, dass dies keine Spielerei war. Was, wenn sich hier tatsächlich ein verbotenes Tierversuchslabor befand? Was, wenn jemand sie beim Herumschnüffeln erwischte?

»Das Haus hat bestimmt eine Alarmanlage«, flüsterte Jesahja weiter. »Ich könnte wetten –« Mit einem Mal riss er erschrocken die Augen auf.

»Was ist los? Hat uns irgendwer entdeckt?« Suchend sah Lilli sich um.

Jesahja schüttelte den Kopf. Dann sagte er mit heiserer Stimme: »Lass uns zurückfahren.«

»Aber wir haben uns doch noch gar nicht richtig umgesehen!«

»Du kannst ja noch bleiben. Ich fahre heim.«

Lilli blickte ihn verständnislos an. Was war denn nur in ihn gefahren? Hier gab es ein Rätsel zu lösen! Es sah Jesahja ganz und gar nicht ähnlich, dass er nun einfach wieder nach Hause fahren wollte. Aber er ließ sich nicht beirren.

Mit verschlossenem Gesichtsausdruck stapfte er zu den Fahrrädern und stieg auf. Lilli folgte ihm verwirrt und radelte hinter ihm her durch die Felder zurück in die Stadt.

Am Nachmittag besuchte Lilli wieder den Zoo. Jesahja war nicht dabei. Er hatte gesagt, er müsse über etwas nachdenken und wolle sie deshalb nicht begleiten. Lilli wunderte das sehr, doch sie hoffte, dass er ihr früher oder später erzählen würde, was mit ihm los war. Sie vertrauten einander schließlich immer alles an!

Im Zoo ging Lilli zuerst ins Affenhaus, denn sie konnte es kaum erwarten herauszufinden, ob Armstrong sich inzwischen ein wenig eingelebt hatte. Sie wurde in dröhnender Lautstärke von ein paar Pavianen und Orang-Utans willkommen geheißen, aber Lilli grüßte die Tiere nur kurz. Sie wollte zu Armstrong. Als sie kurz darauf vor seinem Gehege stand, war sie überrascht. Der Schimpanse war nirgendwo zu sehen! Da entdeckte Lilli einen kleinen, weißen Berg aus Stoff in einer Ecke. Sie schmunzelte.

Geduldig wartete sie, bis keine Besucher mehr vor dem Gehege standen, öffnete mit Hilfe ihres Schlüssels die Tür, ging hinein und kniete sich vor den Stoffhaufen. Vorsichtig zog sie die Spitze des Lakens beiseite. Darunter kam ein haariger kleiner Kopf zum Vorschein.

»Hallo«, flüsterte sie.

»Lilli ... gekommen«, grunzelte Armstrong und schmiegte seinen Kopf an ihren Arm. Um den Fuß trug er noch immer einen Verband. »Da!«, rief er und wies nach draußen.

Vor Armstrongs Gehege saßen wieder King Olli und Tikitomba. Mit neugierigen Blicken verfolgten sie, was im Käfig des kleinen fremden Affen geschah.

»Ich glaube, die anderen Schimpansen würden dich gern kennenlernen«, sagte Lilli.

Da hob Armstrong die Hand und winkte den beiden. Lilli staunte nicht schlecht. Der kleine Schimpanse wedelte auf sehr menschliche Weise mit der Hand durch die Luft und grinste breit. »Hallo ... Pansen!«, rief er.

Armstrong wirkte urkomisch, doch Lilli wurde es mulmig zumute. Kein Affe winkte und grinste zur Begrüßung ... Es sah ganz danach aus, als sei ihm von Menschen beigebracht worden, sich zum Affen zu machen.

Hallo!

King Olli und Tikitomba starrten Armstrong ratlos an und schienen sich zu fragen, warum er derartig mit der Hand herumfuchtelte. Sein breites Grinsen, das in der Affensprache das Gegenteil von Freude oder Freundlichkeit bedeutete, verwirrte sie zusätzlich.

Plötzlich klopfte es an die Scheibe. Das Geräusch kam aus dem Besucherraum des Affenhauses. Vor der Scheibe stand Onkel Kornelius! Lilli flüsterte Armstrong zu, dass sie bald wiederkommen würde, woraufhin der Schimpanse sich erneut unter dem Laken verkroch. Er schien zwar neugierig auf die anderen Affen, aber gleichzeitig immer noch sehr schüchtern.

»Hi Lilli!«, grüßte Kornelius, als sie aus dem Affenkäfig trat und Armstrongs Gehege abschloss. »Ist das der Schimpanse, den ihr im Park gefunden habt?«

Lilli nickte verkrampft. Wie sollte sie Jesahjas Onkel bloß erklären, was sie hier tat? Er wusste ja nicht, dass sie mit Tieren sprechen konnte! Ihre Mutter hatte darauf bestanden, dass er es nicht erfuhr, denn Kornelius würde schon bald wieder aus dem Haus der Sturmwagners ausziehen – nämlich dann, wenn Jesahjas Eltern aus China zurückkamen. Es »lohnte« sich nach Meinung von Lillis Mutter also nicht, ihn einzuweihen.

Onkel Kornelius schien zu bemerken, dass Lilli sich unwohl fühlte, und zwinkerte aufmunternd. »Ich dachte, ich komme mal vorbei und sehe mir den Affen an. Das Ganze ist ja eine spannende Geschichte.« Er wurde ernster. »Sag mal, was machst du eigentlich im Affenkäfig, Lilli?«

Sie biss sich auf die Lippe. »Also … ich arbeite hier.« Sie konnte einfach nicht lügen.

»Du arbeitest hier?« Er lachte. »Bist du nicht ein bisschen zu jung, um schon Tierpflegerin zu sein?«

»Ich bin keine Tierpflegerin.«

»Nein? Was bist du dann?«

Lilli überlegte fieberhaft, was sie antworten könnte. Wäre Jesahja hier gewesen, hätte er ihr bestimmt mit einer cleveren Bemerkung aus der Patsche geholfen, aber Lilli musste ohne ihn zurechtkommen. »Ich bin Tier-Dolmetscherin.«

»Du bist was?« Kornelius lachte lauter.

»Ich kann mit Tieren sprechen.«

Er starrte Lilli an. »Du machst Witze, oder?«

»Nein. Ich verstehe Tiere wirklich, und sie mich. Und mit dem Schimpansen spreche ich darüber, wo er herkommt und was er früher erlebt hat.«

»Unglaublich.« Kornelius' Gesicht war nun sehr ernst. »Ich habe mich schon gewundert, warum sich dein Hund und unsere Katze so komisch verhalten. Jetzt ergibt das alles einen Sinn.« Er lächelte. »Du hast eine tolle Gabe, Lilli.«

Lilli verknotete angespannt die Finger ineinander. »Nur wenige Leute wissen davon.« Sie blickte ihn vielsagend an.

»Verstehe.« Kornelius schmunzelte, und um seine Augen breiteten sich Lachfältchen aus. »Du kannst dich auf mich verlassen. Ich bin sehr gut darin, Geheimnisse zu bewahren.« Er lachte und nahm Lilli in den Arm. Lilli lächelte erleichtert und war unendlich froh, dass er sie nicht verraten würde.

»Ich muss dann mal wieder los«, sagte er mit einem Blick auf die Uhr. »Von dem Affen gibt es ja eh nicht viel zu sehen.« Armstrong steckte noch immer unter dem Laken.

Als Kornelius sich verabschiedet und das

Affenhaus verlassen hatte, rief plötzlich eine laute Stimme: »Hallo Dumpfbirne!«

Lilli fuhr herum. Vor ihr stand Trixi. Und weit und breit war kein Pfleger zu sehen.

Die Wölfe

»Was machst du hier?«, fragte Lilli erschrocken. »Du darfst doch gar nicht allein im Zoo rumlaufen!«

Trixi stand breitbeinig da. »Heute sind drei Pfleger krank, und Oberst Essig hat nicht genug Leute, um mich die ganze Zeit beaufsichtigen zu lassen. So ein Jammer.« Sie grinste. »Ich musste dem Oberst zwar versprechen, keine Dummheiten anzustellen«, – Trixis Grinsen verbreiterte sich – »aber das mache ich ja sowieso nie.«

Lilli drehte angestrengt eine ihrer rostroten Locken um den Zeigefinger.

»Hast du Schiss?« Trixi blickte spöttisch auf Lilli herab. Sie war um einen ganzen Kopf größer.

Lilli sagte: »Nein!«, doch Trixi lachte. »Ist auch besser so«, blaffte sie. »Ich mach dann mal im Gehege von deinem Liebling sauber.« Sie wandte sich Armstrongs Käfig zu.

»Darfst du denn da rein?«, fragte Lilli alarmiert.

»Klar doch. Irgendwer muss den Dreck ja wegmachen.« Trixi zog etwas aus der Brusttasche ihres Overalls. »Ich habe einen eigenen Schlüssel.« Triumphierend ließ sie ihn vor Lillis Nase herumtanzen. Lilli konnte kaum glauben, dass Finn oder die Direktorin Trixi einen Schlüssel gegeben hatten!

»Ich geh dann mal rein.« Trixi schloss Armstrongs Gehege auf, machte sich daran, den Boden zu fegen, und begann zu allem Überfluss, fröhlich zu pfeifen.

»Hey! Du beachtest uns gar nicht!«, beschwerte sich ein Gorilla aus dem Nebenkäfig und brummte unzufrieden.

Lilli sah ihn entschuldigend an. »Es tut mir leid. Ich bin noch nicht dazu gekommen, alle

Tiere zu besuchen«, rief sie ihm durch die Scheibe zu. Sie kannte den Gorilla gut und mochte ihn sehr gern. Schon bei ihrem allerersten Besuch im Zoo hatte sie mit ihm Freundschaft geschlossen. Er schaute sie nun so traurig an, dass Lilli ein schlechtes Gewissen bekam. Rasch ging sie zu ihm hinüber und legte ihre Hand auf die Scheibe. Der Gorilla gluckerte erfreut und legte seine riesige Pranke von innen gegen ihre. Das machten sie immer, wenn sie einander sahen.

»Kommst du zu uns rein?«, fragte er mit tiefer Stimme. »Ich lause dir das Fell!« Er musterte ihre roten Locken. »Also, das bisschen, was du da oben hast …«

»Nein, ich kann leider nicht«, entgegnete Lilli. »Ich muss aufpassen, dass …« Sie wies mit dem Kopf auf Armstrongs Gehege. Da sah sie, dass die Tür offen stand! Lilli wurde es schwindelig. Wo war Trixi?

Lilli zog ruckartig ihre Hand von der Scheibe zurück und hastete in Armstrongs Käfig hinein. Sowohl Trixi als auch der kleine Schimpanse waren verschwunden! Das weiße Laken lag verwaist auf dem Boden.

»Nein, nein, nein!« Lilli hätte sich am liebsten

selbst geohrfeigt, weil sie nicht besser aufgepasst hatte. Da sah sie, dass King Olli und Tikitomba aufgeregt vor der Fensterfront auf und ab hüpften und ihr anscheinend etwas zeigen wollten. Lilli war mit ein paar Schritten bei ihnen und presste Stirn und Nase gegen die Scheibe, aber sie konnte die Schimpansen nicht verstehen. Als sie jedoch in die von den Affen angegebene Richtung blickte, blieb ihr vor Schreck das Herz stehen. Von hier aus sah man direkt auf das Wolfsgehege. Der Leitwolf Zorro und sein Rudel hatten sich drohend um ein kleines Etwas aufgebaut, das einen weißen Verband um den Fuß trug. Lilli schrie auf. Armstrong war im Wolfsrevier! Und die Wölfe schienen ihn angreifen zu wollen!

Am Rande des Geheges stand Trixi. Fasziniert verfolgte sie das Geschehen.

Lilli konnte den kleinen Schimpansen nicht hören, aber sie sah, dass er vor Angst kreischte. Verzweifelt versuchte er, sich zwischen zwei Sträuchern zu verstecken. Aber die Wölfe hatten ihn fest im Visier. Mit gefletschten Zähnen kamen sie näher und näher …

Lilli rannte los. So schnell sie konnte jagte sie

durch das Affenhaus, über den Weg, zum Wolfsgehege. Einige Besucher hatten die außergewöhnliche Situation bei den Wölfen bemerkt, deuteten auf die Tiere und telefonierten mit ihren Handys.

Lilli zögerte nur einen kurzen Moment. Es gab keine Möglichkeit, Armstrong zu helfen, ohne von den Zoobesuchern dabei beobachtet zu werden. Ihr Geheimnis würde nun endgültig ans Licht kommen. Doch Lilli schob den Gedanken beiseite. Sie musste Armstrong helfen. Er befand sich in Lebensgefahr! Die Wölfe waren zwar Lillis Freunde, aber Armstrong stellte für sie nichts weiter als eine leichte Beute dar.

Lilli rannte zur Tür des Wolfsgeheges. Sie war verschlossen. Wo war ihr Schlüssel? Hektisch kramte sie in ihren Taschen. Sie hatte ihn doch eben noch gehabt …

»Wenn du dich nicht beeilst, steckt dein kleiner Liebling ernsthaft in der Klemme«, sagte eine Stimme. Lilli zuckte zusammen. Hinter ihr stand Trixi, mit leuchtenden Augen und bösartigem Lächeln.

Da kam Finn angelaufen. Offenbar war die Zooleitung telefonisch von den Besuchern verständigt worden, und diese hatte Finn geschickt. Als er sah, was sich im Wolfsgehege abspielte, schlug er entsetzt die Hände über dem Kopf zusammen und rief: »Lilli, du musst dazwischengehen! Schnell!«

»Schließ die Tür auf!«, gab Lilli atemlos zurück. Sie hörte Armstrong schreien und die Wölfe knurren.

»Aufhören! Lasst ihn in Ruhe!«, brüllte sie und hoffte, die Wölfe würden ihr gehorchen, aber da sie Lilli hinter der Tür nicht sehen konnten und ihr Jagdtrieb geweckt worden war, knurrten sie weiter. Während Finn seinen Schlüssel herauskramte, ihn in der Hektik fallen ließ und ewig brauchte um aufzuschließen, konnte Lilli hören, was im Gehege vor sich ging.

Zorro und sein Rudel schienen Armstrong umzingelt zu haben. Der kleine Schimpanse kreischte verzweifelt: »Lilli! Hilfe! Lilli! Wolf … böse!«

Aus dem Freigehege der Schimpansen drang die aufgeregte Stimme von King Olli herüber. »Lauf weg! Mach, dass du da wegkommst, Kleiner!«, brüllte er. Die Schimpansen verfolgten ebenso wie die Zoobesucher, was vor sich ging.

Da knurrte Zorro: »Das ist unser Revier! Raus mit dir!«

Armstrong konnte jedoch nicht verstehen, was der Leitwolf sagte, und schrie vor Angst immer lauter.

Als der Affe nicht auf seine Drohung reagierte, gab Zorro seinem Rudel einen Befehl, der Lilli aschfahl werden ließ. »Packt den Eindringling!«

Da ging die Tür endlich auf und Lilli stürmte ins Wolfsgehege. Die vielen Zoobesucher, die sich mittlerweile vor dem Zaun versammelt hatten, schnappten nach Luft.

Lilli hob die Hand. »Sofort aufhören! Zorro! Halt!«

»Lilli!«, gellte Armstrong mit schriller Stimme.

Die Wölfe, die sich gerade auf Armstrong stürzen wollten, hielten unvermittelt inne. Ihre Köpfe suchten nach der Herkunft der Stimme, und sie erkannten Lilli. Verwirrt schauten sie zu Zorro und warteten auf seinen nächsten Befehl.

»Wir haben einen Eindringling«, belferte der Leitwolf. »Komm, Lilli, du kannst ihn mit uns angreifen!«

Ein paar der anderen Wölfe begannen, unruhig hin und her zu laufen, und dabei tat sich eine Lücke zwischen ihnen auf. Armstrong erkannte seine Chance. Humpelnd lief er los. Sobald er Lilli erreicht hatte, versteckte er sich hinter ihr und drängte sich gegen ihre Beine. Lilli konnte spüren, dass er vor Angst am ganzen Körper zitterte.

»Das ist Armstrong«, erklärte Lilli Zorro und seinem Rudel mit fester Stimme. »Er ist mein Freund. Ihr dürft ihm nichts tun.«

Die Wölfe hörten ihr angespannt zu.

»Wir wussten nicht, dass er dein Freund ist«, erklärte Zorro, und es fiel ihm sichtlich schwer, sich zu beruhigen.

»Bitte«, beharrte Lilli. »Lasst ihn in Ruhe.« Sie wusste, dass die Wölfe ihr niemals etwas antun würden, aber sie war sich nicht sicher, ob das auch für Armstrong galt. Der Jagdtrieb der Wölfe war sehr stark, und es war offensichtlich, dass sie sich noch immer am liebsten auf den kleinen Affen gestürzt hätten. Es kam nun allein auf die Entscheidung des Leitwolfs an.

Zorro blickte Lilli durchdringend an. Seine gelben Augen suchten in ihrem Gesicht nach der besten Lösung. Dann sagte er leise: »Wenn er dein Freund ist, hat er von uns nichts zu befürchten.« Er warf den Kopf in den Nacken und heulte: »Entwarnung! Kein Eindringlingsalarm!«

Die Wölfe murrten, zogen sich aber einer nach dem anderen zurück. Zorro kam unterdessen langsam näher. »Er ist einer von denen dort drüben«, ächzte er und blickte zum Freigehege der Schimpansen.

King Olli grölte gerade herüber: »Gut gemacht, Kleiner!«

»Ja«, antwortete Lilli dem Wolf. »Er ist ein Affe. Kannst du mir sagen, wie er hier hereingekommen ist?«

Zorro legte die Ohren zurück. »Die Tür ging auf, und ein Menschenmädchen hat ihn in unser Revier gestoßen.«

Lilli wusste nur zu gut, wer das gewesen war. Suchend schaute sie sich um. Trixi stand neben Finn auf der anderen Seite des Zauns und verfolgte, was vor sich ging. War sie enttäuscht, dass Armstrong nichts Schlimmes passiert war? Überraschenderweise wirkte sie sehr zufrieden.

Nun fiel Lilli auf, wie viele Besucher sich inzwischen um das Wolfsgehege scharten. Mindestens fünfzig Menschen drängten sich vor dem Zaun, und alle gafften sie an! Lilli spürte, wie ihr eine Hitzewelle ins Gesicht schoss. Diese Leute hatten alles beobachtet, hatten gesehen, wie sie ins Wolfsrevier gelaufen war und den Schimpansen vor den Wölfen gerettet hatte!

»Liliane, hierher!«, erklang eine schneidende Stimme. Frau Essig-Steinmeier stand in der Tür des Wolfsgeheges, die Hände in die Seiten gestemmt.

Lilli setzte sich in Bewegung, Armstrong fest an ihrer Hand. Leise grunzelte er: »Hause?« und Lilli erwiderte: »Ja, gleich.«

Die Direktorin verschloss die Tür, sobald Lilli auf der anderen Seite war. Finn kam zu ihnen herüber. Unsanft schob er Trixi vor sich her.

»Über dich sprechen wir später«, sagte die Direktorin mit unbewegtem Gesicht zu Trixi. »Erst einmal bringen wir den Schimpansen in sein Gehege zurück.« Damit marschierte sie los, und alle machten, dass sie hinterherkamen.

Während sie sich vom Wolfsrevier entfernten, spürte Lilli die Blicke der Zoobesucher im Rücken. Würde nun alles herauskommen?

Fünf Minuten später war Armstrong wieder in seinem Käfig und versteckte sich sofort unter seinem Laken. Lilli bekam einen dicken Kloß im Hals, als sie daran dachte, was er hatte durchmachen müssen.

»Die Wölfe hätten ihn schwer verletzen oder sogar töten können, Trixi!«, platzte Lilli heraus. »Wieso hast du ihn in ihr Gehege gestoßen?«

Trixi funkelte sie an. »Meine Schwester hat deinetwegen ihren neuen Job im Eiscafé verloren.«

Heiße Wut, gepaart mit hilfloser Verzweiflung packte Lilli. »Das war Trinas eigene Schuld!« Warum schoben ihr die Korks-Schwestern immer all das in die Schuhe, was sie selbst verbockt hatten? »Aber selbst wenn es wahr wäre, musst du doch Armstrong nicht dafür bestrafen! Er hat mit unserem Streit rein gar nichts zu tun.«

Trixi winkte ab. »Mir war klar, dass du rechtzeitig zur Stelle sein würdest, um ihn da rauszuholen.«

»Warum hast du das dann gemacht?«

Trixi lächelte kalt. »Ich wollte, dass dein Geheimnis rauskommt. Morgen wird es in allen Zeitungen stehen.«

Trixis Worte erschreckten Lilli so sehr, dass sie keinen Ton mehr herausbekam.

»Ich bin zu einem von den Besuchern gegangen«, flötete Trixi, »und ich habe ihm den Tipp gegeben, mit seinem Handy Fotos von dir im Wolfsgehege zu machen.« Sie suhlte sich in Lillis Bestürzung. »Das gab ein paar schöne Schnappschüsse.« Sie lachte. »Und dann habe ich dem Mann gesagt, dass er die Bilder an alle Zeitungen schicken soll, die er kennt.«

»Und du glaubst, das zieht keine Strafe nach sich?«, schaltete sich die Direktorin streng ein.

»Was können Sie schon machen?« Trixi grinste frech. »Wollen Sie die Polizei anrufen? Bitteschön. Kinder dürfen nicht verhaftet werden.« Offensichtlich hatte sie sich die Sache gut überlegt. »Sie können mich höchstens noch mehr Dreck schippen lassen.« Sie zuckte mit den Achseln. »Macht mir nichts aus. Das war mir die Sache wert.« Entschlossen verschränkte sie die Arme.

Lilli verfolgte den Wortwechsel mit Fassungslosigkeit.

Frau Essig-Steinmeier knirschte: »Nein, ich will dich nicht noch länger hier haben. Du verlässt den Zoo auf der Stelle und betrittst ihn nie wieder, Trixi Korks. Ich werde mir überlegen, wie man auf dein Verhalten am besten reagiert.« Die Direktorin sammelte sich einen Moment und sagte dann: »Finn Landmann, bring dieses Mädchen bitte sofort zum Ausgang. Und nimm ihr den Schlüssel ab!«

»Sie hat einen Schlüssel?«, fragte Finn ungläubig.

Die Direktorin seufzte und rieb sich müde die Augen. »Ja.«

Finn war anzusehen, dass er das kaum fassen konnte, aber er fragte nicht weiter, sondern packte Trixi am Arm und zog sie fort. Trixi sah dabei so zufrieden aus, dass Lilli vor ohnmächtiger Wut mit dem Fuß aufstampfte.

Frau Essig-Steinmeier betrachtete Lilli mit einer Sorgenfalte zwischen den Augenbrauen. »Gehen wir hinaus und unterhalten uns«, sagte sie und nahm Lilli bei der Hand. »Ich muss dir etwas erzählen.«

Familie Korks

Vor dem Affenhaus setzten Lilli und Frau Essig-Steinmeier sich auf eine Bank. Lilli zog sich die Kapuze ihres Sweatshirts über den Kopf, damit die vorübergehenden Zoobesucher nicht gleich das rothaarige Mädchen mit dem Lockenkopf wiedererkannten, das bei den Wölfen gewesen war.

Die Direktorin beugte sich seufzend vor. Sie wirkte ernst, doch um ihre Augen lag ein weicher Zug. »Wir haben heute zu wenige Pfleger, und niemand konnte Trixi beaufsichtigen«, begann sie. »Deshalb bat ich sie, die leeren Gehege hinten bei den Greifvögeln sauber zu machen. Da konnte sie keinem schaden.«

»Aber Sie haben ihr einen Schlüssel gegeben!«

Frau Essig-Steinmeier nickte. »Sie sollte die Chance haben, sich zu bewähren.«

»Warum?« Lilli konnte nicht begreifen, weshalb die Direktorin nach allem, was geschehen war, immer noch glaubte, Trixi habe einen guten Kern.

Frau Essig-Steinmeier seufzte. »Ich habe ein paar Nachforschungen über Trixi und Trina Korks anstellen lassen.« Ein Schatten huschte über ihr Gesicht. »Ich habe erfahren, dass sie in schlimmen Verhältnissen leben. Eine Dame vom Jugendamt hat mir gesagt, dass die beiden zu Hause schon mehrere Male misshandelt worden sind.«

»Werden sie … geschlagen?«, fragte Lilli leise.

Die Direktorin nickte wieder.

Lilli senkte den Kopf. Obwohl sie furchtbar wütend auf Trixi war, wünschte sie niemandem, geschlagen zu werden.

»Vielleicht sollten wir nicht darüber reden,

wie man Trixi am besten bestrafen kann. Stattdessen sollten wir den beiden Mädchen helfen, damit sie nicht mehr so wütend sind.« Das Gesicht der Direktorin war nachdenklich. »Ich glaube nämlich, dass das der Grund ist, warum sie sich so hässlich aufführen: Trixi und Trina sind zornig, weil sie sehr schlecht behandelt werden. Und sie lassen ihren Zorn an anderen aus.«

Lilli wusste nicht, was sie dazu sagen sollte.

»Ich werde mal mit dem Jugendamt sprechen.« Frau Essig-Steinmeier massierte sich die Schläfen.

Eine Zeitlang hingen sie nun ihren Gedanken nach. Schließlich fragte die Direktorin: »Wie wird deine Mutter reagieren, wenn du morgen in der Zeitung stehst?«

Lilli scharrte mit dem Fuß im Kies. Daran wollte sie am liebsten überhaupt nicht denken.

Frau Essig-Steinmeier legte ihr die Hand auf die Schulter. »Möchtest du, dass ich deine Mutter vorwarne? Du könntest sie anrufen, und dann spreche ich mit ihr.«

»Ja, das ist eine gute Idee.« Lilli zog ihr Handy aus der Tasche und wählte die Nummer ihrer Mutter. Sie war um diese Uhrzeit bestimmt bei dem Fernsehsender, für den sie als Nachrichtensprecherin arbeitete. Aber in Ausnahmefällen durfte Lilli sie dort anrufen.

Am anderen Ende der Leitung erklang eine aufgeregte Stimme. »Lilli! Was ist bloß los bei euch im Zoo? Hier hat gerade jemand ein Handyfoto eingeschickt, von einem Mädchen im Wolfsgehege! Bist du das?«

»Ja, das könnte sein ...«, antwortete Lilli mit sehr kleiner Stimme.

»Mein Gott! Stimmt es also, dass du einen Affen vor wild gewordenen Wölfen gerettet hast? War das Armstrong?«

»Ja ...«

Frau Essig-Steinmeier signalisierte, dass sie das Gespräch übernehmen könnte, aber Lilli winkte ab.

»Geht es dir gut?«

»Ja, mit mir ist alles in Ordnung, und mit Armstrong auch.«

Es entstand eine Pause. »Lilli, du hast wahnsinniges Glück, dass die ganze Sache so unglaubwürdig klingt.«

»Was meinst du damit?«

»Der Mann erzählte, das Mädchen hätte nicht

nur den Affen aus den Klauen der Wölfe gerettet, sondern auch mit den Tieren gesprochen und sie miteinander versöhnt. Meine Kollegen aus der Redaktion haben kein Wort von dieser Geschichte geglaubt und halten das Bild für eine Fälschung.«

»Echt? Das heißt, es wird nicht im Fernsehen gezeigt?«

»Nein. Und wir können davon ausgehen, dass Zeitungsredakteure ebenfalls denken, das sei alles Humbug.«

Lilli lehnte sich erleichtert zurück.

»Ich kann jetzt nicht weiterreden. Meine Kollegen lachen gerade darüber, wie absurd diese Story ist, und ich sollte mitlachen. Bis später, Schatz.« Frau Susewind legte auf.

Lilli erzählte der Direktorin, was ihre Mutter gesagt hatte, und Frau Essig-Steinmeier war ebenso froh wie sie.

Eine kleine Weile starrte Lilli nun gedankenvoll vor sich hin. Dann sagte sie: »Ich sehe nochmal nach Armstrong. Er hat bei den Wölfen einen ziemlichen Schreck bekommen.«

»Gut, ich begleite dich.« Gemeinsam betraten sie das Affenhaus und spazierten zu Armstrongs

Gehege. Als sie jedoch dort ankamen, schlug Lilli sich entsetzt die Hand vor den Mund, um nicht laut aufzuschreien. Im Käfig herrschte gähnende Leere. Die Tür klaffte weit auf. »Das darf doch nicht wahr sein!«, stieß sie hervor. »Wo ist Armstrong?« Hatte Trixi den Affen etwa ein zweites Mal entführt? Wie war das möglich?

Frau Essig-Steinmeier rief Finn auf dem Handy an, kurz darauf lief er mit hochrotem Kopf auf sie zu. »Ich habe Trixi zum Ausgang gebracht und sie in den Bus gesetzt. Sie kann eigentlich nicht noch einmal hier hereingekommen sein!«

»Wer sonst sollte ein Interesse daran haben, den Affen aus seinem Käfig zu holen, Finn Landmann?«, verlangte die Direktorin zu wissen, doch Finn wusste keine Antwort.

Frau Essig-Steinmeier verschränkte die Hände auf dem Rücken und ging energisch ein paar Schritte auf und ab. Ihre Absätze schlugen dabei laut auf den Steinboden. Dann knirschte und raschelte es, denn die Direktorin trat auf die Verpackung eines Schokoriegels, die auf dem Boden lag. Sie bückte sich, hob die Verpackung auf und warf sie in einen Mülleimer. Dabei murmelte sie vor sich hin: »Wir brauchen dringend eine neue Aushilfe, die den Müll einsammelt … und keinen Unsinn anstellt.« Sie hielt inne und seufzte. »Wir werden auf der Stelle herausfinden, ob Trixi Korks etwas mit Armstrongs Verschwinden zu tun hat oder nicht!«, rief sie.

»Wie?«, fragte Lilli.

»Wir fahren zu ihr nach Hause!« Schon stapfte sie los. Finn und Lilli sahen einander erstaunt an, aber dann beeilten sie sich, zu Frau Essig-Steinmeier aufzuschließen.

Mit dem Auto der Direktorin fuhren sie zur Adresse der Familie Korks, die sie in den Unterlagen des Zoos gefunden hatten. Lilli machte sich furchtbare Sorgen um Armstrong. Trixi hatte keine Skrupel gehabt, ihn in ein Gehege voller Wölfe zu stoßen. Was würde sie als Nächstes mit ihm tun?

Schließlich erreichten sie das Zuhause der Korks'. Lilli stieg aus und musterte das schöne, große Einfamilienhaus, auf das die Direktorin mit festem Schritt zustrebte. Der hübsche Vorgarten war sehr gepflegt, und die weiß gerahmten Fenster des Hauses blitzten spiegelblank in der Sonne.

Frau Essig-Steinmeier wollte gerade klingeln,

da hörten sie laute Stimmen auf der anderen Seite des Hauses. Die Direktorin zog die rechte Augenbraue in die Höhe. »Das sollten wir uns mal genauer ansehen«, murmelte sie. Mit aufrechtem Gang marschierte sie um das Haus herum, Lilli und Finn hinterdrein. Mit jedem Schritt wurden die Stimmen lauter.

»Du bist von der Direktorin rausgeschmissen worden?«, polterte eine Frauenstimme.

»Ich schwöre dir, Oberst Essig hat da was missverstanden!« Das war Trixi! »Ich hab nicht gewusst, dass man den Affen nicht aus dem Käfig holen darf. Ich wollte nur ein bisschen mit ihm spielen.«

»Du hast dich wirklich selten dämlich angestellt«, erwiderte die Frau wutschnaubend. »Was soll ich dieser Zootante sagen, wenn sie wieder hier anruft und sich über dich beschwert?«

»Du könntest ihr erklären, dass Trixi es nicht so gemeint hat.« Das war die Stimme von Trina! »Wenn du –«

»Gar nichts werde ich tun! Ihr seid alt genug, um allein klarzukommen. Ständig habe ich euretwegen Ärger. Mir reicht es langsam wirklich mit euch!«

Die Frau klang so kalt, dass Lilli am liebsten kehrtgemacht hätte.

»Mama, es tut mir leid!«, beteuerte Trixi. »Ich wollte doch nicht –«

Da erklang das Geräusch einer schallenden Ohrfeige.

Lilli blieb erschrocken stehen, aber Frau Essig-Steinmeier und Finn beschleunigten ihre Schritte und eilten um die Hausecke.

»Hören Sie sofort auf, dieses Kind zu schlagen!«, rief die Direktorin in einem Ton, der keinen Widerspruch duldete.

Lilli schlich ihnen mit klopfendem Herzen nach und spähte vorsichtig um die Ecke. Die Direktorin und Finn befanden sich auf einer weitläufigen Gartenterrasse. Frau Essig-Steinmeier hatte drohend den Zeigefinger erhoben, und Finn stellte sich gerade schützend vor Trixi. Diese hielt sich mit schmerzverzerrtem Gesicht die Wange. Ihnen gegenüber stand eine schlanke, blonde Frau in einem schicken Sommerkleid, die offensichtlich Trixis und Trinas Mutter war. »Wer sind Sie?«, fragte sie bissig. »Was haben Sie hier zu suchen?«

»Eigentlich suchen wir nach einem Affen«,

gab die Direktorin zurück. »Aber ich glaube, wir sind genau im richtigen Moment gekommen, um zu verhindern, dass Sie dieses Kind misshandeln.«

Trina lachte kalt und murmelte: »Wenn sie uns jetzt nicht schlägt, verprügelt sie uns richtig, sobald ihr weg seid.«

Da machte Frau Korks einen Schritt auf ihre ältere Tochter zu und sah aus, als wolle sie ein zweites Mal zuschlagen. Finn trat sofort vor und stellte sich ihr in den Weg. Frau Korks stierte ihn mit wutverzerrtem Gesicht an.

»Genug! Sie schlagen diese Kinder nicht mehr!« Frau Essig-Steinmeier richtete sich zu voller Größe auf. Sie überragte selbst die großgewachsene Mutter von Trixi und Trina um mindestens zwanzig Zentimeter.

Frau Korks' Augen verengten sich. »Was erlauben Sie sich? Das alles geht Sie überhaupt nichts an!«, herrschte sie die Direktorin an. »Was machen Sie überhaupt auf meiner Terrasse? Verschwinden Sie hier!«

»Das werde ich nicht tun«, entgegnete die Direktorin. »Das Jugendamt muss auf der Stelle erfahren, was hier los ist.« Sie zückte ihr Handy.

Frau Korks stutzte und schien zu überlegen. »Wissen Sie was? Das ist eine sehr gute Idee«, sagte sie patzig.

Frau Essig-Steinmeier hob irritiert den Kopf. »Was?«

»Ich kann nicht mehr«, murmelte Frau Korks und wirkte plötzlich kraftlos. »Mir wachsen die beiden über den Kopf. Ich schlage sie doch nur, weil ich mir nicht mehr anders zu helfen weiß! Ich muss sie schließlich irgendwie bestrafen, wenn sie wieder einmal irgendetwas Schlimmes getan haben.« Sie stöhnte. »Kein normaler Mensch brächte es fertig, diese beiden Satansbraten im Zaum zu halten. Ich gebe auf.«

Frau Essig-Steinmeier starrte Frau Korks sprachlos an. Ohne ein weiteres Wort wählte sie dann eine eingespeicherte Nummer und schilderte in wenigen Worten, was sie soeben miterlebt hatte. Als die Direktorin ihr Handy wieder einsteckte, fragte Trixi vorsichtig: »Dürfen wir jetzt endlich zu Oma ziehen?«

Ihre Mutter sah sie abfällig an. »Ja, von mir aus könnt ihr ab jetzt Oma quälen. Die scheint ja zu glauben, dass sie mit euch besser zurechtkommt …«

Ich kann nicht mehr ...
ZOO

»Ruhe!«, unterbrach Frau Essig-Steinmeier. »Wir warten jetzt auf die Dame vom Jugendamt. Und diese Zeit werden wir nutzen, um eine wichtige Frage zu klären.«

Lilli schlüpfte hinter der Hausecke hervor.

»Was machst du denn hier?«, spie Trixi ihr entgegen.

Die Direktorin trat an Lillis Seite. »Wir suchen nach dem Schimpansen. Weißt du, wo er ist, Trixi?«

Trixis Gesicht hellte sich schlagartig auf. »Heißt das, er ist abgehauen? Hast du vergessen, die Tür abzuschließen, Dumpfbirne?«, fragte sie voller Häme. Da wusste Lilli, dass Trixi nichts mit Armstrongs neuerlichem Verschwinden zu tun hatte. Doch wenn Trixi ihn nicht mitgenommen hatte, wo war er dann?

»Dann warst du es also nicht.« Frau Essig-Steinmeier verschränkte die Hände auf dem Rücken und begann, auf und ab zu gehen. Finn setzte sich auf einen Gartenstuhl und stützte den Kopf auf die Hände. Frau Korks behielt die beiden unterdessen genau im Blick und schien den Besuch des Jugendamtes geradezu herbeizusehnen.

Wenig später klingelte es. Frau Korks ließ die Dame vom Jugendamt herein, und Frau Essig-Steinmeier erzählte genau, was vorgefallen war. Frau Korks hörte dem Gespräch zu und erklärte schließlich, sie fühle sich mit den Mädchen überfordert und habe sie deshalb geschlagen.

Die Dame wollte nun allein mit Trixi und Trina und ihrer Mutter sprechen. Daraufhin verabschiedeten sich Frau Essig-Steinmeier, Finn und Lilli. Nachdenklich gingen sie hinaus und setzten sich ins Auto.

Lilli war durch das, was sie soeben miterlebt hatte, völlig durcheinander, und fühlte sich beinahe erleichtert, als Finn das Gespräch wieder auf Armstrong brachte und sie so an etwas anderes denken konnte.

»Kann es sein, dass wir wirklich vergessen haben, sein Gehege abzuschließen?«, fragte Finn. »Könnte er abgehauen sein?«

»Also, ich bin sicher, dass ich seinen Käfig nicht abgeschlossen habe …«, überlegte Lilli laut.

»Das habe ich getan«, warf die Direktorin ein.

»… weil ich meinen Schlüssel nicht wiederfinden konnte!« Jetzt erinnerte Lilli sich, wie sie nach dem Schlüssel gesucht hatte.

»Was? Wo ist er denn?«

»Ich weiß es nicht.« Lilli dachte angestrengt nach. »Ich muss ihn irgendwann im Laufe des Tages verloren haben.«

»Wenn jemand deinen Schlüssel gefunden hat, hätte er damit ohne Weiteres Armstrongs Gehege aufmachen können«, sagte Finn, und ein besorgter Unterton schlich sich in seine Stimme. »Mit deinem Schlüssel kann man jede Tür im Zoo öffnen!«

Lilli biss sich schuldbewusst auf die Lippe.

»Wer nimmt einen solchen Schlüssel an sich und stiehlt einen Schimpansen?«, fragte die Direktorin. »Das ist doch verrückt! Jeder normale Mensch, der im Zoo einen Schlüssel findet, gibt ihn bei einem Pfleger ab.«

Sie überlegten hin und her. Währenddessen öffnete sich die Tür der Familie Korks. Trixi und Trina traten, begleitet von der Dame vom Jugendamt, aus dem Haus. In den Händen trugen sie kleine Koffer.

Die Dame telefonierte. Als sie am Auto der Direktorin vorüberging, hörte Lilli, wie sie gerade sagte: »Die Eltern sind geschieden. Der Vater hat sich seit Jahren nicht um seine Töchter gekümmert, und die Mutter kommt mit den Kindern aufgrund ihres Extremverhaltens nicht mehr zurecht …«

Trina und Trixi kamen am Auto vorbei. Trina raunte ihrer kleinen Schwester gerade zu: »Bei Oma wird es uns gut gehen, mach dir keine Sorgen.«

Trixi nickte, aber es schimmerten Tränen in ihren Augen. Plötzlich hatte Lilli Mitleid mit ihr. Aber es war dennoch schwierig, Trina und Trixi zu verzeihen. Das, was sie getan hatten, war einfach zu boshaft.

»Fahren wir zurück und suchen noch einmal alles nach Armstrong ab«, sagte die Direktorin und startete den Wagen.

Stundenlang suchten sie an diesem Nachmittag nach dem kleinen Schimpansen, überall, in jeder Ecke, hinter jedem Strauch, doch er blieb verschwunden. Lilli fragte alle Tiere, ob sie etwas beobachtet hatten, aber weder die frei lebenden Vögel noch die Gehegetiere konnten ihr helfen.

Armstrong war fort.

Hilfeschrei

An diesem Abend saß Lilli zwischen den Büschen im Garten und grübelte. Immer wieder ging sie im Kopf durch, was im Zoo geschehen und wie Armstrong verschwunden war. Doch sie hatte das Gefühl, dass sie etwas Wichtiges übersah. Wenn Jesahja ihr nur helfen würde! Vor über einer Stunde hatte sie ihn angerufen und ihn gebeten, herzukommen, aber bisher hatte er sich nicht blicken lassen.

Da raschelte es zwischen den Zweigen. Es war Jesahja! Lilli freute sich und wollte ihn gerade begrüßen, da hielt sie inne. Jesahja sah schrecklich aus! Er war weiß wie eine Wand, und seine Augen waren gerötet. Hatte er geweint?

»Hallo«, nuschelte er und ließ sich schwer neben Lilli auf den Boden fallen.

Lilli starrte ihn einen Augenblick lang an, dann riss sie sich zusammen. »Armstrong ist verschwunden«, sagte sie.

Jesahjas Augen weiteten sich. »Was?«

Lilli erzählte ihm nun die ganze Geschichte, aber sie war sich nicht sicher, ob Jesahja auch zuhörte. Sein Blick war abwesend und ins Leere gerichtet, seine Miene völlig starr. »Ich frage mich, ob dieser Millionär, Magnus Obscura, etwas damit zu tun hat«, schloss sie.

Jesahja zuckte zusammen. »Wieso? Was meinst du?«

»Vielleicht ist ja wirklich ein geheimes Versuchslabor in seinem Haus versteckt«, sagte Lilli überlegend. »Was, wenn diese Leute irgendwie herausbekommen haben, dass Armstrong im Zoo ist, und ihn sich wieder zurückgeholt haben?«

»Das klingt sehr zusammengereimt«, bemerkte Jesahja in merkwürdigem Tonfall.

»Was denkst du denn, was dahinter steckt?«

Lilli blickte ihn hoffnungsvoll an. Er konnte viel besser Schlüsse ziehen und Dinge kombinieren als sie.

Jesahja hob die Schultern. »Alles Mögliche könnte dahinter stecken. Wir sollten nicht so viel herumspekulieren.« Er wippte mit dem Oberkörper vor und zurück, als stehe er unter großer Anspannung.

Lilli verfiel in brütendes Schweigen. Nach einer Weile sagte sie: »Wir könnten ja zumindest nochmal zu der Villa fahren und gucken, ob –«

»Was soll das bringen?«, unterbrach Jesahja sie. »Wir kriegen da eh nichts raus. Und wenn uns jemand erwischt, während wir um die Villa herumschleichen, gibt's bestimmt Ärger. Vergiss das Ganze besser.« Mit diesen Worten erhob er sich. »Im Ernst: Lassen wir es gut sein, Lilli.« Er drehte sich um und verließ das Gebüsch.

Lilli blieb sprachlos sitzen. Sie erkannte Jesahja kaum wieder. Der Junge, der soeben fortgegangen war, schien ein völlig Fremder zu sein.

Eine ganze weitere Stunde lang saß Lilli noch zwischen den Büschen und dachte nach. Als es bereits anfing, dunkel zu werden, traf sie eine Entscheidung. Sie würde allein zum Haus des

Millionärs fahren. Sie musste versuchen herauszufinden, ob Armstrong dort war! Wenn Jesahja ihr nicht helfen wollte, musste sie eben auf eigene Faust etwas unternehmen.

Außerhalb des Gebüschs sah Lilli kleine weiße Pfoten über die Wiese trappeln. »Bonsai, komm hierher!«, rief sie. Die Pfoten blieben stocksteif stehen und wandten sich in ihre Richtung. Gleich darauf stob der weiße Winzling durch die Blätter. »Hi Lilli! Alles fit?«, kläffte er, wedelte mit dem Schwanz und sprang an ihr hoch.

Lilli strich ihm über den zotteligen Kopf. »Ich brauche jetzt einen Freund«, flüsterte sie. »Kommst du mit mir mit?«

»Klar!«, hechelte Bonsai. »Wohin denn?«

»Zum Stadtrand. Wir müssen Armstrong helfen.«

Zehn Minuten später radelte Lilli los. Bonsai saß mit weit heraushängender Zunge in Lillis Rucksack. Im Fahrtwind klatschte sie ihm zwar hin und wieder ins Gesicht, aber das minderte Bonsais Begeisterung für die Unternehmung keineswegs.

Als sie die Villa erreichten, war es beinahe

schon dunkel. Lilli versteckte ihr Rad hinter einem Baum und ließ Bonsai aus dem Rucksack springen.

»Wo sind wir?«, wuffte er. »Wonach riecht es hier?«

»Wieso? Wonach denn?«, flüsterte Lilli.

»Es riecht wie im Zoo«, murmelte Bonsai und hielt die Nase in die Luft. »Also, ein bisschen zumindest.«

»Wirklich?« Lilli bemühte sich, auch etwas zu riechen, aber ihre Menschennase nahm nichts Ungewöhnliches wahr. Da hatte sie eine Idee. »Bonsai, bitte sieh dich hier ein wenig um ... also, schnuppere dich um! Und wenn du einen Geruch witterst, den du kennst –«

»Was denn zum Beispiel? Schmidti?«

»Zum Beispiel deinen Haarkumpel. Wenn du ihn irgendwo riechst, dann komm zurück und gib mir ganz leise Bescheid.«

»Gebongt!« Bonsai schoss davon. Hochkonzentriert schnüffelte er an Sträuchern und Hecken, Masten und Mülltonnen, Zäunen und Pfeilern. Dann lief er eifrig zu Lilli zurück, die geduckt hinter einem Baum auf ihn wartete.

»Also, ich bin mir nicht sicher, ob hier irgendwas haarkumpelmäßig riecht«, berichtete er. »Wäre möglich. Aber wenn er hier war, dann ist das schon länger her.«

Lilli seufzte enttäuscht. Aber was hatte sie erwartet? Falls jemand Armstrong entführt und zu diesem Haus gebracht hatte, war der Affe sicherlich nicht einfach so über den Boden spaziert, wo Bonsai seine Fährte riechen konnte. Als Lilli nun daran dachte, dass Armstrong vielleicht gefesselt oder in einen Sack gesteckt worden war, lief es ihr eiskalt den Rücken hinunter.

»Irgendwas riecht hier übrigens total krass«, fügte Bonsai beiläufig hinzu.

»Wonach riecht es denn?«

Bonsai reckte die Nase. »Nach dem Besuchsfrauchen.«

Lilli stutzte. Mit dem Ausdruck »Besuchsfrauchen« bezeichnete Bonsai gewöhnlich Lillis Mutter, die sehr viel arbeitete und oft nur am Wochenende Zeit mit der Familie verbrachte. Lilli sah ihren Hund fragend an. Versuchte er ihr etwa zu sagen, ihre Mutter sei hier gewesen?

»Also …«, grummelte Bonsai. »… es riecht nicht so richtig nach ihr. Eher nach dem, was sie morgens über ihren Geruch drüber macht.«

Lilli kräuselte die Nase. »Meinst du Parfüm?«

Da hörten sie plötzlich ein Brummen, das schnell lauter wurde. Ein Auto näherte sich!

Lilli bekam einen riesigen Schreck und zog sich so tief wie möglich in den Schatten des Baumes zurück. »Bonsai, still!«, zischte sie und drückte sich mit pochendem Herzen gegen den Stamm. Bonsai gab keinen Laut von sich.

Ein Wagen fuhr an ihnen vorbei und hielt vor dem Haus. Lilli wagte es kaum, sich zu bewegen. Doch ihre Neugier siegte, und sie lugte hinter dem Baum hervor. Ein Mann stieg aus dem Auto. In der Dunkelheit konnte Lilli nur schemenhafte Umrisse erkennen, und sie erhaschte auch nur einen Blick auf den Rücken des Mannes, der gerade zum Kofferraum ging und eine Kiste heraushob. Er trug die Kiste zum Tor der Villa, drückte einen Knopf und wartete. Kurz darauf erklang ein eigenartiges Geräusch, das Lilli verwirrt umherblicken ließ – ein raues Knarren, begleitet von einem leisen Summen. Wo kam es her? Dann sah Lilli es: Eine lange Brücke schob sich langsam vom Haus des Millionärs aus über den Wassergraben. Dabei knarrte und summte sie, bis sie schließlich stillstand. Gleich darauf öffnete sich das Tor der Villa. Die beiden weißen Flügeltüren schwangen auseinander, der Mann mit der Kiste trat hindurch und überquerte mit sicherem Schritt die Brücke, die gleich hinter dem Tor angedockt hatte.

Lilli beobachtete all dies mit angehaltenem Atem. Sie fragte sich gerade, was wohl in der Kiste war, da erklang ein Schrei. Lilli fuhr zusammen und sämtliche Härchen an ihren Armen stellten sich auf. Was sie hörte, war ein Hilfeschrei. Und er kam aus der Kiste.

»Hilfe! Ich halte es hier drin nicht mehr aus! Hilfe!«, gellte es durch die Nacht. Es war die Stimme eines Vogels. In der Kiste musste ein Vogel gefangen sein! »Lasst mich raus! Ahhh!«, schrie er. Lillis Hand krallte sich in die Rinde des Baums. Sie konnte es kaum ertragen, nur dazustehen und nichts tun zu können. »Hilfeee!«, schallte es über den Wassergraben.

Lilli schloss verzweifelt die Augen. Sie konnte hören, um was für einen Vogel es sich handelte. Es musste eine Harpyie sein. Dessen war Lilli sich beinahe sicher, denn es gab eine Harpyie im Zoo, die ähnlich hohe, pfiffartige Laute hervorstieß.

Harpyien waren die stärksten Greifvögel der Welt. Doch das Tier in der Kiste war völlig hilflos – so wie Lilli.

Die Türen schlossen sich wieder, und alles, was Lilli noch hörte, war ihr eigener rasender Herzschlag.

»Das darf nicht wahr sein!«, presste sie leise hervor. Ihr war zum Heulen zumute. Würde die Harpyie nun für Tierversuche missbraucht werden?

»Lilli! Der Typ ist es!«, wuffte Bonsai, so leise er konnte. »Der Typ eben roch nach dem krassen Geruch!«

»Wirklich?«, hauchte Lilli. Also war dieser Mann vor kurzem schon einmal hier gewesen! Hatte er bereits zuvor Tiere hierhergebracht? Womöglich auch Armstrong?

Lilli ließ Bonsai wieder in den Rucksack springen, setzte sich mit wackeligen Beinen aufs Rad und fuhr heim. Während der Fahrt kamen ihr die Tränen, und sie schwor sich, dass sie einen Weg finden würde, die Harpyie – und alle anderen Tiere, die möglicherweise in diesem Haus gefangen gehalten wurden! – aus ihrem Elend zu befreien.

Camping im Zoo

Einen Tag später traf Lilli sich wieder mit Jesahja im Gebüsch im Garten. Sein Anblick erschreckte sie. Unter den Augen hatte er dunkle Ringe, er war auffallend blass und wirkte schreckhaft und unkonzentriert. Irgendetwas schien ihm schwer auf der Seele zu liegen. Doch Lillis vorsichtige Fragen wehrte er allesamt ab.

Lilli erzählte ihm nichts von dem, was sie vor dem Haus des Millionärs beobachtet hatte. Jesahja hatte gesagt, dass sie dort nicht weiterforschen sollte, und wäre bestimmt sauer, wenn er erfuhr, dass sie trotzdem hingefahren war.

Lilli ließ bedrückt das Kinn auf die Brust sinken. Nun hatten Jesahja und sie also Geheimnisse voreinander. Wie war es nur so weit gekommen? »Es gibt nichts Neues von Armstrong«, sagte sie nun bedrückt. »Ich habe gerade mit Oberst Essig telefoniert. Armstrong ist wie vom Erdboden verschluckt.«

Jesahja spielte an seinen Schnürsenkeln herum.

»Ist dir egal, was aus Armstrong wird?«, fragte Lilli, lauter als beabsichtigt.

Jesahja blickte auf. Er sah so traurig und verzweifelt aus, dass es Lilli die Kehle zuschnürte. Seine Augen schienen ihr irgendetwas sagen zu wollen, aber sie verstand nicht, was. Warum sprach er es nicht einfach aus? Was hielt ihn ab?

Sie schwiegen.

»Ich schlafe heute Nacht im Zoo«, murmelte Lilli nach einer Weile.

»Warum?«

Lilli war froh, dass er zumindest irgendetwas sagte. »Doktor Özgür glaubt, dass heute Nacht die kleinen Liger zur Welt kommen könnten. Und ich möchte dabei sein, wenn es passiert.

Shankar und Samira haben mich darum gebeten.«

Jesahjas Augen blitzten auf und Lilli sah ihm an, dass er am liebsten ebenfalls dabei wäre. »Willst du auch mitkommen?«, fragte sie ihn ohne allzu große Hoffnung. Seit Tagen hatte er sie nicht mehr zum Zoo begleitet, obwohl er die Tiere ebenso mochte wie sie.

Jesahja schien mit sich zu ringen. »Ja ... schon.«

Ein kleines Lächeln stahl sich in Lillis Gesicht. Aber es verschwand sogleich wieder, als Jesahja sich mit einer sehr nervösen Handbewegung durch das schwarze Haar fuhr. Irgendetwas war ganz und gar nicht in Ordnung. Wenn er doch nur darüber reden würde!

»Okay, dann treffen wir uns heute Abend um acht und fahren zusammen hin«, sagte Lilli und verließ das Gebüsch mit einer tiefen Denkfalte zwischen den Augenbrauen.

Am Abend stand Jesahja wie verabredet um acht Uhr vor der Tür. Er war noch blasser als zuvor. Lilli umarmte ihn, was sie sonst eigentlich nie tat. Jesahja ließ es geschehen und lächelte traurig.

»Hast du deinem Onkel gesagt, dass du heute im Zoo übernachtest?«, fragte sie.

Jesahja antwortete düster: »Ich hab ihm nur erzählt, dass ich heute Nacht mit dir campen will.«

»Mein Hausmännchen ist seit Neuestem zu rein gar nichts mehr nutze!«, erklang eine miesepetrige Katzenstimme aus dem Apfelbaum. Gleich darauf tauchte Frau von Schmidts orange getigerter Kopf zwischen den Blättern auf. Die Katze sprang leichtfüßig vom Ast und stolzierte mit elegantem Schritt auf sie zu. »Entweder sitzt er den ganzen Tag über in seinem Gemach und gibt sich trübseligen Gedanken hin oder er nimmt die Radmaschine und bleibt übertrieben lange fort. Weder kümmert er sich um meine Unterhaltung noch um die Reinigung meines Örtchens. Ein Verhalten wie dieses ist in höchstem Maße verpönenswert und gehört entschieden angeprangert!«

»Was sagt sie?« In Jesahjas Augen trat ein beunruhigter Ausdruck.

»Sie macht sich Sorgen, weil du so anders bist«, antwortete Lilli.

Jesahja verzog den Mund. »Bitte sprich nicht

mit ihr über mich.« Er sah sie ernst an. »Versprochen?«

Lilli hätte von der Katze zwar gern noch mehr erfahren, aber ihr blieb nichts anderes übrig, als Jesahja diese Bitte zu gewähren. »Versprochen«, murmelte sie.

Jesahja nickte und sah dabei sehr müde aus.

Die Katze strich um Lillis Beine. »Warum tragen Sie unsere Reisesänften auf dem Rücken, Madame von Susewind?«

Lilli zog an den Halterungen ihres Rucksacks. »Wir fahren gleich noch weg.«

»Bitte informieren Sie mich über das Ziel Ihrer Unternehmung.« Frau von Schmidt setzte sich abwartend hin.

Lilli stöhnte leise. Sie ahnte, was geschehen würde, wenn die Katze erfuhr, wohin sie wollten. »Wir fahren zum Zoo.«

Frau von Schmidt sprang auf. »Eine hinreißende Idee! Wie lange war ich nicht dort!«, surrte sie. »Gedenken Sie, Herrn von Bonsai ebenfalls einzuladen?«

»Nein, er soll eigentlich hierbleiben und –«

»Ich bitte ausdrücklich um seine Anwesenheit!« Die Katze zuckte mit den zierlichen Ohren. »Wenn sich Herr von Bonsai unserer Reisegesellschaft nicht anschließen sollte, müssten Sie auf meine Teilnahme ebenfalls verzichten.«

Lilli war versucht, der Katze zu sagen, dass dies kein Weltuntergang wäre. Aber sie erinnerte sich an ihr Versprechen Fürst Feodor gegenüber, der sich auf einen Besuch der Katzenlady freute. »Also gut. Ich hole Bonsai und dann fahren wir alle zusammen zum Zoo.«

Jesahja ließ die Katze seufzend in seinen Rucksack springen. Zum Glück verstand er nicht, was Frau von Schmidt währenddessen miezte: »Für meinen Transport kann ich das Hausmännchen ausnahmsweise nutzen … wenn es auch sonst ein völlig überflüssiger Bestandteil meines Haushaltes ist.«

Lilli holte Bonsai. Der weiße Winzling war sehr aufgeregt darüber, in den Zoo mitkommen zu dürfen, denn er war monatelang nicht dort gewesen.

Kurz darauf fuhren Lilli und Jesahja los. Ihre zusammengerollten Schlafsäcke hatten sie auf den Gepäckträgern festmachen müssen, denn die Rucksäcke waren nun besetzt. Aus Lillis Rucksack guckte Bonsais Kopf heraus, aus Jesahjas

ZOO

ein würdevolles Katzengesicht. Als sie vor dem großen Eingangstor des Zoos ankamen, stellten sie ihre Räder ab, und Lilli benutzte ihren neuen Schlüssel, um in den Zoo zu gelangen.

Frau Essig-Steinmeier erwartete sie hinter dem Eingang. »Wen habt ihr denn da mitgebracht?«, fragte sie skeptisch.

Lilli räusperte sich. »Also, mein Hund und Jesahjas Katze wären auch gern dabei, falls es erlaubt ist.«

Die Direktorin murmelte »Na gut, wenn sie sich benehmen …« und stiefelte los. Im Eiltempo marschierten sie durch den menschenleeren Zoo. Es wurde langsam dunkel, und viele Tiere schliefen schon.

Bonsai schnüffelte hierhin und dorthin, doch es blieb ihm kaum Zeit, irgendetwas zu markieren. »Wohnt mein Haarkumpel auch hier?«, fragte er Lilli und lief hechelnd neben ihr her.

Lilli antwortete leise: »Nein, nicht mehr«, und wurde bei dem Gedanken daran ganz traurig.

Dann erreichten sie das Außengehege der Raubkatzen. Samira lag unter einem Baum auf dem weichen Gras. Dies war ihr Lieblingsplatz, und hier wollte sie ihre Jungen zur Welt bringen. Shankar lief ruhelos neben ihr auf und ab. Aus seiner Brust drang ein tiefes Grollen, das jeder Mensch wohl für eine Drohung gehalten hätte. Aber Lilli wusste, dass dem nicht so war, denn Shankar grollte: »Mannomann, jetzt wird's ernst. Sie kommen bald raus – die stärksten und mächtigsten Löwensöhne der Welt!«

Der werdende Vater war ein regelrechtes Nervenbündel. Samira hingegen döste in aller Ruhe vor sich hin und sah aus, als würde sie jeden Moment einschlafen.

Vor dem Gitter standen Finn und Doktor Özgür, der Tierarzt des Zoos. Ohne Lilli wollten sie das Gehege offenbar nicht betreten – schließlich waren Shankar und Samira keine Kuscheltiere, sondern Raubkatzen.

»Wie sieht es aus?«, fragte die Direktorin.

Doktor Özgür rieb sich den Nacken. »Es sieht gut aus. Aber ich muss die Tigerin untersuchen, bevor ich mehr sagen kann.«

»Gehen wir hinein«, sprach Frau Essig-Steinmeier, und alle betraten das Großkatzenrevier.

»Lilli!«, gurrte Samira erfreut, als sie ihre Freundin in der Abenddämmerung näher kommen sah.

»Wen hast du denn da im Schlepptau?«, fragte Shankar und richtete die Ohren auf. »Futter?« Er keuchte. »Ich glaube, ich kann gerade nichts fressen. Mir ist ganz schlecht. Nimm's mir nicht übel, Lilli. Sieht echt lecker aus.«

»Sprechen Sie etwa von mir?«, miaute Frau von Schmidt empört. »Ich bin gewiss kein Futter, sondern Madame von Susewinds Ehrengast!«

»Ach, du bist es, Knirps!«, rief Shankar. »Hast dich ja ewig nicht blicken lassen. Aber ich hab leider gerade keine Zeit für Fans.«

»Unverschämtheit!«, quiekte Frau von Schmidt und machte einen feindseligen Buckel. »Wer glauben Sie eigentlich zu sein, mich einen Knirps zu nennen?« Sie zog fauchend die Lefzen hoch. »Eines ist gewiss: Auch Ihre eindrucksvolle Größe und Ihre atemberaubende Frisur vermögen nicht darüber hinwegzutäuschen, dass Sie keinerlei Stil besitzen!«

Lilli verdrehte die Augen. Shankar und Frau von Schmidt waren einander schon ein paar Mal begegnet, aber obwohl beide Katzen waren und sich dadurch gegenseitig verstehen konnten, hatten sie sich absolut nicht miteinander verstanden.

»Der Angeber mit den Mordspranken!«, bellte Bonsai und blieb in respektvollem Abstand stehen. »Steht Schmidti immer noch auf den?«

»Nein, ganz und gar nicht mehr«, beruhigte Lilli.

Doktor Özgür warf ihr einen unsicheren Blick zu. »Liliane, könntest du der Tigerin sagen, dass ich sie jetzt untersuche und dass sie mich bitte nicht beißen soll?« Die Angst stand ihm ins Gesicht geschrieben.

Lilli kniete sich neben Samira, legte ihr die Hand auf den Rücken und erklärte ihr, was der Arzt vorhatte.

Shankar schien von der Idee nicht begeistert zu sein. »Meine Söhne schaffen es ganz allein, da rauszukommen«, sagte er, und sein Schweif fegte über die Erde. »Wenn der Zweibeiner noch lange da rumsteht, hat er die Ehre, das erste Abendessen meiner Jungs zu werden!«

Samira schnaufte. »Setz dich bitte, Shankar, und freu dich im Stillen auf die Kinder.«

Der große Löwe setzte sich augenblicklich hin und schwieg betreten.

Doktor Özgür machte sich mit zitternden Händen daran, Samira zu untersuchen. Die Tigerin ließ dies über sich ergehen, ohne mit der Wimper zu zucken.

»Ich würde sagen, die Jungen kommen noch heute Nacht«, verkündete der Arzt schließlich.

»Wunderbar.« Frau Essig-Steinmeier schien hocherfreut. »Liliane, Jesahja, habt ihr eure Schlafsäcke dabei?«

»Jawohl«, antworteten sie im Chor.

»Dann richtet euch doch jetzt für die Nacht ein. Und sobald es losgeht und die Liger kommen, ruft ihr uns an!«

Lilli und Jesahja versprachen es, und die Direktorin, Finn und Doktor Özgür verließen das Gehege.

»Die Tür lehne ich nur an«, rief Frau Essig-Steinmeier ihnen von außen zu, »damit ihr jederzeit hinauskönnt. Aber lasst euch nicht wieder einfallen, mit den Raubkatzen im Zoo herumzuspazieren!«

Lilli und Jesahja sagten gleichzeitig »Bestimmt nicht!« und winkten der Direktorin nach. Heute Nacht würden sie das Gehege gewiss nicht verlassen. Um nichts in der Welt wollten sie die Geburt der Liger verpassen!

Bonsai wedelte zaghaft mit dem Schwanz.

»Tun mir die Monsterkatzen was?«, fragte er kleinlaut. »Die mit den Streifen scheint ganz okay zu sein, aber der mit der Frisur …«

Lilli wandte sich an die Raubkatzen. »Darf mein Hund auch hierbleiben oder stört er euch?«

Shankar schnuffte: »Das Häppchen ist in Ordnung. Aber muss die Zwergenmieze unbedingt auch zugucken?«

Das brachte das Fass zum Überlaufen. Frau von Schmidt quietschte »Ungeheuerlich!« und »Skandal!«, drehte sich um und trabte mit hochgereckter Nase davon. Lilli sah ihr besorgt nach.

»Die kommt klar«, sagte Jesahja. »Mach dir um Schmidti keine Sorgen. Wahrscheinlich geht sie Feodor besuchen.«

Lilli lächelte ihn dankbar an. Sie war froh, dass er mitgekommen war.

Bonsai tippelte zu Lilli, drehte sich dreimal um die eigene Achse und ließ sich dann seufzend nieder. Shankar betrachtete den winzigen Hund. »Das wäre wirklich ein leckerer Bissen für die Juniors«, brummte er. »Eine Art Willkommens-Snack.«

Lilli wusste, dass der Löwe Bonsai um ihretwillen nichts tun würde. Sie fragte sich allerdings, ob Shankar überhaupt schon einmal Babys gesehen hatte. »Weißt du, in den ersten Wochen fressen eure Jungen erst einmal kein Fleisch«, erklärte sie. »Sie trinken Milch.«

»Milch?«, wiederholte Shankar ungläubig. »Wo soll die herkommen? Bringen uns die Zweibeiner welche? Kriegen wir dann alle kein Fleisch mehr?«

Lilli grinste und hätte schwören können, dass Samira ebenfalls grinste.

Lilli und Jesahja packten nun ihre Schlafsäcke aus und machten es sich auf dem weichen Gras bei Samira gemütlich, als sei es das Selbstverständlichste auf der Welt, neben Raubkatzen zu schlafen.

»Ich wecke euch, wenn die Kleinen kommen«, versprach die Tigerin und schloss die Augen.

Shankar begann wieder, unruhig auf und ab zu laufen, und wischte dabei nervös mit dem Schweif über den Boden. Doch schon bald hörte Lilli das Tapsen seiner riesigen Pfoten nicht mehr, denn sie war eingeschlafen.

Räuber in der Nacht

Lilli fuhr aus dem Schlaf hoch. Irgendetwas hatte sie geweckt. Jesahja, Shankar und Samira schliefen tief und fest neben ihr. Die Tigerin hatte sich eng an den Löwen geschmiegt, der ausgestreckt neben ihr lag. Die Liger waren offenbar noch nicht geboren.

Bonsai hob verschlafen den Kopf und guckte umher, als habe er auch etwas gehört. Der Mond leuchtete wie eine trübe runde Lampe über ihnen und tauchte das Raubkatzengehege in ein dumpfes Zwielicht. Da hechelte Bonsai: »Guck mal, Lilli! Der Punkte-Fuzzi!«

Im gleichen Moment erklang eine leise, tiefe Katzenstimme. »Bitte verzeihen Sie unser schroffes Eingreifen in Ihr Dämmern, Fräulein Susewind.«

Lilli rang nach Luft. Vor ihr saß Feodor, der Leopard! »Wie sind Sie hier hereingekommen?«, flüsterte sie.

»Der Verschluss dieses großkätzischen Bezirks war freundlicherweise geöffnet«, antwortete Frau von Schmidt, die neben Feodor stand.

»Das stimmt«, murmelte Lilli. »Oberst Essig hat die Tür nur angelehnt. Aber … wie ist Feodor aus seinem Gehege herausgekommen?«

»Es gehen bemerkenswerte Dinge vor sich«, erwiderte Frau von Schmidt.

»Was für Dinge?«

»Vorkommnisse, die in keiner Weise als langweilig zu bezeichnen sind.« Die gelb-grünen Augen des grazilen Leoparden leuchteten.

Frau von Schmidt miaute: »Dies sollte ich näher erläutern.« Sie setzte sich. »Fürst Feodor und ich befanden uns gerade in einem äußerst angeregten Gespräch, als ein Flugobjekt heranzischte und den geschmeidigen Leib des Fürsten nur um Haaresbreite verfehlte.«

Lillis Kopf übersetzte. »Wollen Sie sagen, dass irgendetwas beinahe auf Feodor gefallen wäre?«

»Nein, Fräulein«, entgegnete Feodor und rümpfte die Nase. »Es handelte sich keineswegs um ein solch schnödes Ereignis. Vielmehr geschah ein Mordanschlag!«

Lilli machte ein fragendes Gesicht.

»Fräulein Susewind, es befindet sich ein heimtückischer Jäger im Zoo!«, erklärte Feodor mit verschwörerischer Stimme. »Ein Eindringling mit mörderischer Absicht, der mit Hilfe eines Flugkörpers Jagd auf mich machte!«

»Heißt das, hier läuft ein Fremder herum?«, wisperte Lilli und setzte sich kerzengerade auf. »Und dieser Fremde hat … auf Sie geschossen?« Sie konnte kaum glauben, was sie da hörte.

»Korrekt! Nach seinem Angriff wähnte er sich augenscheinlich als Sieger und dachte, seine Jagd sei von Erfolg gekrönt. Dies schlussfolgere ich, da er im Anschluss an seinen fliegerischen Angriff mit beschwingtem Schritte mein Herrschaftsgebiet betrat.«

»Er ist in Ihr Gehege eingedrungen?«, stieß Lilli leise hervor.

»In der Tat, Fräulein! Sodann bemerkte er jedoch, dass ihn seine meuchlerischen Fähigkeiten im Stich gelassen hatten. Denn meine Wenigkeit war unversehrt!«, fuhr Feodor mit glühendem Eifer fort. »Alsdann äußerte ich ein angemessen erbostes Knurren und näherte mich ihm auf sachten Pfoten. Dies bewirkte ein fundiertes Grausen bei meinem Feinde und schlug ihn in die Flucht!«

»Sie haben ihn nicht verfolgt?«, fragte Lilli staunend.

»Nein, das wäre meinem Gaste gegenüber, der zierlichen Schnurrdame von Schmidt, sehr unhöflich gewesen. Denn diese hatte sich zwischenzeitlich auf entzückende Art in die höchsten Wipfel meines Baumbestandes zurückgezogen.«

Frau von Schmidt leckte sich angestrengt die Pfote. »Nun, als der Angriff geschah, war es ohne Frage am sinnvollsten, sich der Situation erst einmal zu entziehen, um später auf fulminante Weise wieder eingreifen zu können.«

Feodors Augen strahlten. »Und mir war es eine besondere Ehre, Sie von dem Baume zu erretten, auf den Sie geflüchtet waren, Gnädigste.«

Lilli hätte gelacht, wenn die Situation nicht derart ernst gewesen wäre.

»Wie dem auch sei …«, maunzte die kleine Katze. »Ich möchte festhalten, dass der Geruch des Halunken als äußerst pikant beschrieben werden muss.«

»Pikant?«

»Er müffelt«, erklärte Feodor.

Da stellte Frau von Schmidt die Ohren auf und wandte den Kopf. »Nun, wie es der Zufall will, schreitet der müffelnde Jäger just in diesem Moment dort drüben von dannen, Madame.«

Lilli sprang auf und blickte erschrocken zum Zoopfad, sah dort jedoch nichts Ungewöhnliches. Ein leerer Weg, Büsche, die sich leicht im Wind wiegten und …

Lilli blieb das Herz stehen. Im Schatten der Büsche huschte etwas über den Pfad!

»Lilli!«, wuffte Bonsai. »Da ist einer! Alarm?«

»Schhh!«, machte Lilli und starrte mit großen Augen auf das schemenhafte Etwas, das sich rasch entfernte.

Da erwachte Shankar. »Was ist los? Sind die Jungs da?«

Die anderen wachten durch seine laute Stimme ebenfalls auf. »Was macht der Leopard hier?«, fragte Jesahja verdutzt.

»Hey! Knilch!«, rief Shankar seinem gepunkteten Nachbarn zu. »Was hast du in meinem Territorium zu suchen?«

Feodor knurrte leise und senkte drohend den Kopf. »Banause! Hier geht es um größere Dinge als um –«

Lilli unterbrach die beiden barsch. »Da ist jemand! Irgendwer schleicht durch den Zoo!«

Shankar machte ein paar kühne Schritte zum Gitter. »Der soll nur herkommen! Dem zeig ich's!« Seine Pranke schnellte durch die Luft. »Pass auf! Zack!«

»Könnten das Finn oder Doktor Özgür sein?«, fragte Jesahja.

»Die Zooleute würden sich doch nicht verstecken!«, entgegnete Lilli mit zittriger Stimme.

Shankar spitzte die Ohren. »Die Schritte des Zweibeiners entfernen sich!«

Lilli konnte zwar nichts mehr hören, aber die Tiere hatten natürlich ein sehr viel besseres Gehör als sie.

»Sehen wir nach.« Jesahja kroch aus dem Schlafsack.

»Du willst im Dunkeln einen Einbrecher durch den Zoo verfolgen? Das ist gefährlich! Der Einbrecher ist ein … Mörder!«, sprudelte es aus Lilli heraus. »Jedenfalls fast. Feodor sagt, soeben hätte der Mann auf ihn geschossen!«

Jesahja sah sie an, als müsse sie sich verhört haben.

»Der Eindringling hat wohl nicht gemerkt, dass er Feodor verfehlt hat. Und als er das Gehege betrat, hat er anscheinend Angst bekommen und ist weggeflüchtet … äh, gelaufen«, erklärte sie und verhaspelte sich vor Aufregung.

»Er ist in das Gehege gegangen? Dann muss er … einen Schlüssel gehabt haben …«, brachte Jesahja stockend hervor. Sein Gesicht war mit einem Mal wie erstarrt.

»Hat er vielleicht mit einem Pfeil geschossen?«, fragte Lilli aufgeregt. »Von einem Pistolenschuss wären wir doch wach geworden! War es ein Betäubungspfeil?«

Jesahja antwortete nicht.

»Wenn du ihn verfolgen willst, kommen wir mit dir«, sagte Samira und erhob sich. »Dir kann nichts passieren, solange wir bei dir sind.«

»Aber die Juniors!«, rief Shankar und schüttelte seine Mähne. »Ist das nicht zu schaukelig für sie?«

»Es wird schon gehen«, erwiderte Samira, obgleich sie ungewöhnlich schnell atmete und ein wenig fahrig wirkte. Doch die Tigerin schien entschlossen, Lilli beizustehen. Mit schnellen Schritten lief sie zum Gehegeausgang. »Kommt!«

Lilli überlegte kurz. Die Direktorin würde ihnen sicherlich die Hölle heiß machen, wenn sie erfuhr, dass drei Raubkatzen frei im Zoo herumgelaufen waren. Aber es blieb ihnen keine Zeit, Frau Essig-Steinmeier oder Finn anzurufen und auf sie zu warten. Bis die beiden zu ihnen stießen, wäre der Einbrecher über alle Berge.

Lilli stand auf. »Lass uns gehen.«

Doch Jesahja blieb sitzen. Wie versteinert starrte er ins Leere.

»Lass mich jetzt nicht allein!«

Jesahja hob den Blick. Er sah so niedergedrückt, so gequält aus, dass Lilli einen Stich in ihrem Inneren fühlte. Etwas Schreckliches nagte an ihm, das war mehr als deutlich. Wenn Jesahja doch nur reden würde! Doch dafür war jetzt keine Zeit.

»Bitte …«, flehte Lilli. »Ich kann das nicht ohne dich.«

Jesahja schaute sie durchdringend an. Lilli sah in seinen Augen, dass ein heftiger Kampf in ihm tobte.

»Madame!«, drängte Frau von Schmidt, die mit den anderen bereits am Gitter wartete. »Sputen Sie sich! Die Jagd soll beginnen!«

»Lassen Sie sich nicht lumpen, Fräulein!«, fiel Feodor ein.

Jesahja erhob sich. »Okay. Gehen wir.«

Lilli atmete erleichtert auf.

Entschlossen stapfte Jesahja voran. Lilli folgte ihm.

»Wohin ist der Dieb gegangen?«, fragte Jesahja die Raubkatzen. Lilli übersetzte seine Frage und wunderte sich dabei über Jesahjas Wortwahl. Wieso glaubte er, dass es sich um einen Dieb handelte?

»Es riecht wieder so krass«, kläffte Bonsai.

Lilli horchte auf. »Was meinst du?«

Bonsais Nase klebte am Boden. »Es riecht nach dem Typ von gestern.«

Lilli blieb stehen und starrte Bonsai wie vom Blitz getroffen an. War es möglich, dass der Eindringling derselbe Mann war, der am Abend zuvor die Harpyie zu Magnus Obscuras Haus gebracht hatte? War er etwa hier, um Tiere zu stehlen? Und wenn ja, was wusste Jesahja darüber?

»Dort entlang!«, maunzte Frau von Schmidt nun. »Die Schritte entfernen sich in diese Richtung!«

»Richtig, Knirps«, bemerkte Shankar.

Alle setzten sich in Bewegung. Der Löwe ging voran. Frau von Schmidt überholte ihn jedoch und miaute: »Lassen Sie mich voranschreiten! Das ist am sichersten für uns alle!«

»Du bist wirklich zum Totlachen, Mädel«, grollte Shankar. »Lass den Quatsch und stell dich hinten an.«

Frau von Schmidt hob beleidigt die Nase, ließ sich zurückfallen und schritt würdevoll neben Feodor einher.

Lilli hätte sich am liebsten gezwickt, um sicherzustellen, dass sie nicht träumte. Sie geisterte mitten in der Nacht mit einem Löwen, einer Tigerin und einem Leoparden durch den Zoo! Und natürlich mit Jesahja, Bonsai und Frau von Schmidt – die ohne Lillis Anwesenheit si-

cherlich von den Raubkatzen verspeist worden wären.

Auf Zehenspitzen huschten sie nun über den Zoopfad, nahmen eine Abzweigung, schlichen geduckt über weitere mondbeschienene Wege und fanden sich schließlich vor dem Affenhaus wieder. Die Tür stand sperrangelweit offen.

Shankar blieb stehen. Frau von Schmidt drängelte sich nach vorn und verkündete: »Der Verbrecher befindet sich in diesem Bauwerk!«

Shankar knurrte: »Was du nicht sagst …«

Lilli wurde mulmig zumute. Wollte der Eindringling möglicherweise einen Affen stehlen?

»Schmidtreichste aller Damen!«, säuselte der Leopard. »Lassen Sie uns den Ganoven nun gemeinsam stellen.«

»Aus dem Weg, Adelspack!« Shankar drängte Frau von Schmidt und Feodor zur Seite. »Wir gehen zuerst rein.«

Samira folgte dem Löwen in dichtem Abstand. Lilli stellte fest, dass ihre Atmung beunruhigend schnell ging. War mit den kleinen Ligern alles in Ordnung? Lilli musste sich darauf verlassen, dass die Tigerin selbst am besten wusste, was gut für sie und ihre Jungen war.

»Wir schnappen uns den Fremdling«, raunte Shankar.

Jesahja stieß Lilli an. »Wollen die Raubkatzen etwa … allein reingehen?«, stammelte er. Sein Blick irrte zwischen Lilli und dem Löwen hin und her.

»Ja. Die beiden sind stärker als –«

»Lilli! Das ist Wahnsinn!«, keuchte Jesahja. »Wir lassen zwei Raubkatzen auf einen Einbrecher los! Sie könnten ihn schwer verwunden! Oder töten!«

Plötzlich wurde Lilli klar, wie heikel die Situation war. »Tut ihm nichts!«, zischte sie Shankar und Samira zu. »Ihr dürft den Mann nicht verletzen!«

»Wir halten ihn nur fest«, versprach Shankar. »Wartet hier, bis wir euch rufen. Hört ihr?« Er blickte Frau von Schmidt scharf an. »Komm mir nicht nach, Knirps!«

Die Katzendame zeigte wütend ihre Zähnchen, aber Shankar wandte sich ungerührt ab. Lautlos und mit geschmeidigen Bewegungen schlichen sich der Löwe und die Tigerin an die Tür des Affenhauses heran und verschwanden im Inneren.

Dann war alles still.

Eine Minute später brach ein gewaltiger Tumult los. Es schien, als hätten sämtliche Affen gleichzeitig bemerkt, dass sich zwei Raubkatzen in ihrem Haus befanden. Die Paviane kreischten ohrenzerreißend: »Angriff der Vierpfotenbestien! Alarm!« Die Gorillas schlugen gegen die Scheiben und tobten: »Raus! Vierpfotengetier! Raus hier!« Und die Orang-Utans brüllten: »Alle Mann aufwachen! Versteckt euch!«

Doch zwischen all den Warn- und Drohrufen hörte Lilli auch eine Schimpansenstimme, die etwas anderes schrie. »Was ist nur mit ihm? Warum schläft er denn jetzt?« Die Stimme gehörte Tikitomba. »Der Fremdmann hat ihn müde gemacht!«

Lilli stockte der Atem. Der Eindringling war bei den Schimpansen! Hatte er etwa einen der Affen erschossen?

Sie konnte nicht länger warten. Ohne lange nachzudenken, lief sie los. Die Paviane, Gorillas und Orang-Utans waren in heller Aufregung, kreischten Lilli Warnrufe zu und sprangen wild in ihren Käfigen herum, aber Lillis Aufmerksamkeit richtete sich auf die offen stehende Tür des Schimpansengeheges. Gerade sah sie einen Tigerschweif darin verschwinden.

Lilli beschleunigte ihre Schritte. Noch immer konnte sie Tikitombas aufgeregte Stimme hören. »Er soll aufwachen!« Doch dann verwandelten sich die beunruhigten Ausrufe der Schimpansin in Entsetzensschreie. »Da! Raubjäger! Achtung!«

Lilli stürmte in den Affenkäfig. Das Bild, das sich ihr bot, ließ sie bestürzt die Hand vor den Mund schlagen. Shankar stand mit gefletschten Zähnen im Gehege. Alle Muskeln aufs Äußerste angespannt, fixierte er einen jungen Schimpansen, der sich nur schlecht hinter einer Kletterstange verbarg. Die anderen Affen flitzten währenddessen in Panik auf die höheren Leitern und Hängeseile.

Aus der Brust des Löwen drang ein tiefes Grollen. »Was für ein leckeres Häppchen …« Er leckte sich das Maul.

»Shankar!«, schrie Lilli mit fester Stimme. »Hast du vergessen, weswegen du hier bist?«

»Oh!« Der Löwe zuckte zusammen. »Lilli! Äh … also …« Er schüttelte den Kopf, als wolle er eine Mücke vertreiben. »Tut mir leid, ich …«

Da stürmte Jesahja ins Gehege. »Wo ist der Dieb?« Hinter ihm kamen Frau von Schmidt, Feodor und Bonsai angerannt.

»Ja, wo ist der Eindringling?«, fragte Lilli Shankar.

Statt des Löwen antwortete Tikitomba. Das Schimpansenweibchen steckte den Kopf hinter einem Stamm hervor und rief: »Der Fremdmann ist weggelaufen! Er hat Olli aus der Luft geschlagen und ihn müde gemacht!«

Lilli lief ein Schauer über den Rücken.

»Und dann wollte er ihn in einen Sack stopfen!«, fuhr Tikitomba erregt fort. »Aber das haben wir nicht zugelassen. Wir haben Olli verteidigt und den Fremdmann vertrieben!«

Lilli hörte voll Grauen zu. »Wo ist King Olli?«, fragte sie, und im gleichen Moment entdeckte sie den großen, starken Schimpansen in einer Ecke des Geheges. Er lag auf dem Rücken, und es schien, als schliefe er. Lilli lief zu ihm und untersuchte seinen haarigen Körper. Olli war bewusstlos, aber unversehrt, soweit sie erkennen konnte. Da trat sie auf etwas, das neben dem Affen lag. Es war ein Betäubungspfeil! Lilli war sich dessen sicher, denn sie hatte schon einmal einen gesehen. Solche Pfeile wurden normalerweise in Zoos benutzt, wenn man Tiere untersuchen, sie operieren oder transportieren musste – natürlich nur, wenn man keine Dolmetscherin hatte, die den Tieren dies erklärte und sie ganz ohne Pfeile beruhigte.

Lilli zeigte Jesahja, was sie gefunden hatte. »Irgendjemand hat mit so einem Pfeil zuerst auf Feodor geschossen, und als das nicht geklappt hat, ist er hierhergekommen, hat King Olli erwischt und dann versucht, ihn in einen Sack zu packen und mitzunehmen!«, brachte sie mit nur mühsam beherrschter Stimme hervor.

Jesahjas Hand zitterte, als er den Pfeil entgegennahm. In seinen Augen stand das blanke Entsetzen.

Bonsai trippelte schwanzwedelnd näher an die Affen heran. »Hallo Haarleute!«, kläffte er. »Ich bin der Bonsai.«

Doch Lilli konnte nicht übersetzen, denn im selben Moment stolzierte Frau von Schmidt heran und miezte: »Wenn Sie erlauben, Madame, begeben Fürst Feodor, Herr von Bonsai und ich uns auf die Jagd nach dem stinkenden Attentäter. Mir scheint, die Raubschnurrherrschaften, die diese Aufgabe zuvor auf ungemein nachdrückliche Weise an sich gerissen hatten, sind momentan anderweitig beschäftigt.«

»Was? Wieso? Wo ist Samira?«, fragte Lilli und blickte sich suchend um. Schnell entdeckte sie die Tigerin. Sie hockte am Rande des Geheges und keuchte, als sei sie eine lange Strecke gerannt. Shankar stand neben ihr und stieß sie besorgt an.

Lilli wurde bleich. »Die Kleinen kommen!«

Drei kleine Wunder

»Nun, Madame, dann kann ich also davon ausgehen, dass der Fürst, Herr von Bonsai und ich hier nicht länger vonnöten sind?«, beharrte Frau von Schmidt.

»Ja, bitte fangen Sie den Dieb!«, sagte Lilli schnell. »Er darf keinesfalls auf noch mehr Tiere schießen – oder eins stehlen!« Sie hoffte inständig, dass es richtig war, den Leopard, den Hund und die Katze hinter dem Einbrecher herzuschicken. Sie selbst konnte ihn nicht länger verfolgen, denn sie wollte Samira nun auf keinen Fall allein lassen. »Bonsai, geh mit den beiden mit! Such den Dieb mit dem krassen Geruch!«

Bonsai war sofort Feuer und Flamme. »Gebongt!«, bellte er und sauste los. Feodor und Frau von Schmidt jagten hinterdrein. Sobald die drei fort waren, wandte Lilli sich wieder den Raubkatzen zu – und erstarrte. »Jesahja!«, flüsterte sie mit erstickter Stimme. »Schau!«

Vor Samira lag ein kleines feuchtes Bündel. Shankar starrte es mit großen Augen an. Da bewegte sich das Bündelchen, und der Löwe schnupperte mit seiner großen Nase daran. Samira stupste ihn sachte zur Seite und begann, das Kleine hingebungsvoll abzulecken und sein Fell von dem dünnen Häutchen zu befreien, das es umhüllte. Samira leckte so lange, bis man getigertes Fell erkennen konnte und schließlich ein winzig kleines Raubtierchen zum Vorschein kam. Es sah aus wie ein Miniaturlöwe, doch sein Fell war rötlich gefärbt und komplett gestreift. Der erste Liger war geboren.

Lilli nahm Jesahjas Hand. Sie brachte kein Wort heraus.

Auch die Schimpansen waren sehr still. Neugierig linsten sie aus ihren Verstecken hervor, und sobald sie erkannten, was da vor sich ging, wurden ihre Mienen feierlich.

Shankar schien völlig überwältigt von dem ersten Ligerbaby. Behutsam stieß er es mit der Schnauze an. »Hey Junior!«, schnuffte er.

»Es ist eine Tochter«, informierte ihn Samira.

Shankar stutzte und wackelte mit dem Kopf. Dann seufzte er weich. »Sie ist die stärkste, schnellste Tigertochter, die die Welt je gesehen hat!«

Das Ligermädchen kam unsicher auf die Beine und tapste schwankend ein paar klitzekleine Schritte umher. Ihre Augen waren noch geschlossen, wie bei allen neugeborenen Katzenbabys.

»Lilli, komm zu uns!«, rief Samira.

Lilli ließ sich das nicht zweimal sagen. Mit Jesahja an der Hand setzte sie sich neben die Katzen. Vorsichtig streichelte sie dem Ligerkind über das feuchte, getigerte Fell. Da drehte die Kleine den Kopf, schnappte mit ihrem winzigen Mäulchen nach Lillis Finger und begann, daran zu saugen. Lilli lachte zittrig. Sie war so ergriffen, dass sie die Tränen nicht länger zurückhalten konnte. Lachend weinte sie.

»Gib ihr einen Namen«, forderte Samira sie auf.

»Einen Namen? Ich?« Lilli staunte nicht schlecht. »Ich weiß nicht …«

»Wie wäre es mit Tigerlilli?«, fragte Jesahja leise.

»Tigerlilli ist ein schöner …«, flüsterte Lilli, doch der Rest des Satzes blieb ihr im Halse stecken.

»Ja! Tigerlilli!«, rief Shankar und seine großen Tatzen scharrten aufgeregt über den Boden. »Meine Tochter Tigerlilli!«

Da begann Samira zu japsen. Das nächste Ligerkind wurde geboren! Lilli und Jesahja beobachteten mit großen Augen, wie die Tigerin es zur Welt brachte – ein kleines, zappelndes Knäuel, das in einer Fruchthülle steckte. Lilli drückte Jesahjas Hand vor Aufregung so fest, dass er leise ächzte. Mit angehaltenem Atem verfolgten sie, wie Samira behutsam die Nabelschnur durchbiss und das Kleine dann sorgfältig ableckte. Es war ebenso getigert wie seine Schwester. Und es war ebenfalls ein Mädchen.

Die Kleine stellte sich sogleich auf die Beinchen und watschelte forsch ein paar Schritte auf ihren Vater zu.

»Ich glaube, sie ist ein Wildfang«, schnaufte Samira.

Shankar, der vor lauter Aufregung hechelte und die Zunge aus dem Maul hängen ließ, quietschte: »Hallo Tigertochter!«

»Diesmal gibst du ihr einen Namen«, bat Samira Lilli.

»Gut.« Lilli überlegte. »Ich nenne sie Shira – eine Mischung aus Shankar und Samira.«

»Ein bisschen mehr Samira als Shankar, würde ich sagen«, flüsterte Jesahja. Die Kleine war ihrer Mutter wie aus dem Gesicht geschnitten.

Schon kam das nächste Ligerkind. Lilli und Jesahja verfolgten mit offen stehenden Mündern die Geburt. Sobald Samira es sauber geleckt hatte, konnte man erkennen, dass es weniger getigert war als seine Schwestern. Die Streifen waren um einiges blasser, und das Fell war eher sandfarben als rot.

»Shankar«, raunte die Tigerin. »Es ist ein Sohn.«

»Ha!« Shankar machte einen ungelenken

Hüpfer. »Ja! Ein Sohn! Ich habe zwei starke, schnelle Tigertöchter und einen unbesiegbaren, übermächtigen Löwensohn!«, rief er mit stolzgeschwellter Brust. »Pass auf! Zack!«

Lilli lachte voller Freude.

»Er sieht aus wie Shankar mit einem Hauch von Streifen«, murmelte Jesahja. »Fast wie ein richtiger Mini-Leo.«

»Nein, eben kein Leo, sondern ein Lio!«, rief Lilli.

»Ja! Das soll sein Name sein!«, röhrte Shankar. »Lio, der König der Liger!« Er schüttelte stolz die Löwenmähne.

Die drei Ligerbabys taumelten und schwankten nun auf wackeligen Beinen umher. Da sie noch nichts sehen konnten, stießen sie immer wieder mit den Schnäuzchen aneinander, bis Samira sie liebevoll an ihren Bauch heranschob. Dort fanden die Kleinen die Zitzen ihrer Mutter und begannen mit hungrigen Mäulchen zu trinken.

Shankar legte den Kopf schief. »Was machen die da?«

»Ich glaube, da kommt Milch raus«, erklärte Lilli.

»Was?« Die Ohren des Löwen schnellten verdutzt zurück. »Samira, du kannst Milch machen?«

Die Tigerin schnaufte und ließ Shankar staunen.

Doch Lilli wunderte sich ebenfalls, mit welcher Sicherheit Samira tat, was getan werden musste – schließlich waren dies doch ihre ersten Jungen! »Woher weißt du, was du machen musst?«, fragte Lilli die Tigerin.

Samira schien die Frage zu überraschen. »Ich weiß es einfach.«

Lilli lächelte. Das war etwas, was sie schon oft bei Tieren beobachtet hatte: Sie wussten Dinge ganz gefühlsmäßig, ohne dass irgendjemand sie ihnen beigebracht hatte. Niemand hatte Samira erklärt, dass aus ihren Zitzen Milch kommen würde, sobald die Babys da waren. Sie hatte es einfach gewusst.

Shankar hingegen schien ein wenig überfordert zu sein. Verdattert beobachtete er, wie die drei Liger nuckelten, und murmelte: »Kriege ich jetzt auch nur noch Milch?«

Da erklang die heisere Stimme eines Schimpansen. »Alle Mann auf die Bäume … alle …

aufpassen!«, nuschelte King Olli, der sich langsam wieder regte.

Lilli konnte sich kaum von den Ligern losreißen, aber sie musste nachsehen, ob es dem Anführer der Schimpansen gut ging. Rasch lief sie zu ihm.

King Olli war noch im Halbschlaf. »Muss … vor Eindringling warnen …«, krächzte er.

»King Olli!«, sagte sie laut. »Aufwachen!«

Der Schimpanse fuhr hoch. »Was? Wer? Wo?« Erschrocken sah er sich um und rieb sich verwirrt den Kopf. »Da war ein Fremdmann … ein Angreifer!«

»Er ist fort«, beruhigte Lilli ihn. »Er hat dich müde gemacht, aber jetzt ist alles wieder in Ordnung.«

»Das Rudel! Die Weiblinge!« Der kräftige Schimpanse rappelte sich hoch und blickte sich wankend nach seinen Rudelmitgliedern um, die allesamt um die Ecken spähten.

Tikitomba kam als Erste aus ihrem Versteck heraus und sprang hinunter auf den Boden. »Olli! Es sind Raubjäger bei uns! Sie haben sich vermehrt! Mitten in unserem Revier!«

»Was?« King Olli horchte auf. »Alar–«

Lilli unterbrach ihn: »Kein Alarm! Die Raubkatzen sind Freunde. Sie haben Junge bekommen. Bitte seid nett zu ihnen.«

King Olli und Tikitomba sahen furchtsam und skeptisch zu Shankar und Samira hinüber. Affen und Raubkatzen waren in freier Wildbahn niemals Freunde.

»Sie haben Winzwuchs dabei«, grunzte King Olli.

Tikitomba rüttelte an einer Stange. »Sag ich doch! Sie haben sich in unserem Revier vermehrt! Der Winzwuchs ist aus der Gestreiften rausgekommen!«

Der Schimpansenanführer beobachtete die Raubkatzen. »Dann lassen wir sie erst einmal in Ruhe.«

Lilli atmete erleichtert aus. Gleich darauf hörte sie schnelle, tapsende Schritte, und schon trabte Frau von Schmidt graziös durch die Tür, dicht gefolgt von Bonsai und dem fürstlichen Feodor.

»Madame, welche Schmach ist uns widerfahren! Entronnen ist der Gauner! Fort!«, zeterte die Katze. »Unsere Jagd muss als Misserfolg bewertet werden. Tiefe Beschämung ergreift mich …«

Jesahja kam zu ihnen herüber. »Was sagt sie?«, fragte er mit unbewegter Miene. Aber der angstvolle Unterton in seiner Stimme entging Lilli nicht.

»Sie sagt, dass sie den Dieb nicht erwischt haben«, antwortete Lilli, woraufhin Jesahja nur langsam nickte.

»Wir verfolgten den Schurken mit großer List und Gewitztheit«, berichtete Fürst Feodor. »Doch es darf nicht verschwiegen werden, dass sich der besagte Halunke im Besitz eines beachtlichen Vorsprungs befand. Wir stießen erst auf ihn, als er bereits durch die äußeren Gebietsmarkierungen entschlüpft war.«

»Er war schon durch das Zootor entkommen?«, fragte Lilli. »Habt ihr ihn noch gesehen?«

»In der Tat, Fräulein«, näselte der Leopard, dem die ganze Sache enormen Spaß gemacht zu haben schien.

Frau von Schmidt fügte hinzu: »Dieses Mal sicherte der Schuft mit großer Sorgfalt den Verschluss, obgleich er sich dahingehend zuvor als sehr nachlässig erwiesen hatte.«

Lilli nickte. Die Gehegetüren von Feodor und

den Schimpansen hatte der Eindringling offenstehen lassen.

Nun meldete Bonsai sich zu Wort. »Der Typ hatte ein schwarzes Gesicht!«

»Ein schwarzes Gesicht?«, wiederholte Lilli. »Meinst du, er hat eine Maske getragen?«

Bonsai tippelte aufgedreht auf der Stelle. »Ja! Da war was drüber! Und über seinem Geruch war auch was drüber. Er hat anders gerochen, als er riecht«, kläffte Bonsai fieberhaft.

Lilli dachte nach. Es schien, als habe sich der Einbrecher stark parfümiert. Aber warum nur?

»Wir sollten endlich Oberst Essig anrufen«, sagte Jesahja plötzlich.

Seine Worte wirkten wie eine kalte Dusche auf Lilli. Die Direktorin! Sie hatten ihr versprochen, sie anzurufen, wenn die Geburt der Liger losging! »Oje … das gibt Ärger«, murmelte Lilli. »Und wie erklären wir das mit dem Einbrecher?«

Jesahjas Gesichtsausdruck verdunkelte sich. »Müssen wir das denn unbedingt erzählen?«

»Natürlich! Wie sollen wir ihr sonst erklären, warum die Liger im Schimpansengehege zur Welt gekommen sind?«

Jesahja nickte. »Dann haben wir wohl keine Wahl ...«

Lilli sah ihn durchdringend an. So ging das nicht weiter! Er musste ihr endlich sagen, was mit ihm los war! »Ich rufe jetzt Oberst Essig an, und wenn wir ihr alles erklärt haben und die Liger versorgt sind, dann erzählst du mir, was hier eigentlich vor sich geht!« Ihre Stimme war ungewohnt fordernd, und Jesahja schaute sie überrascht an. Sein Blick war voller Furcht, aber gleichzeitig erkannte Lilli darin auch den Wunsch, sein Geheimnis endlich mit ihr zu teilen, es endlich loszuwerden.

Aufgewühlt rief Lilli Frau Essig-Steinmeier an und erklärte ihr knapp, dass sie so schnell wie möglich zum Affenhaus kommen solle.

Zehn Minuten später preschte die Direktorin, begleitet von Finn, ins Schimpansengehege. Sie sah sich um. In der Ecke lag Samira. Die drei kleinen Liger hatten sich an ihren Bauch gekuschelt und schliefen tief und fest. Shankar stand daneben und staunte seinen Nachwuchs mit großen Augen an.

Die Schimpansen saßen oder hingen in den

Kletterseilen und gaben keinen Mucks von sich. Die Anwesenheit der Raubkatzen war ihnen nach wie vor nicht geheuer.

Feodor stand majestätisch neben der nicht minder hoheitsvoll dreinschauenden Frau von Schmidt, und Bonsai wedelte freundlich mit dem Schwanz.

Frau Essig-Steinmeier stemmte die Hände in die Hüften. »Ganz langsam und von vorn, bitte«, sagte sie und fixierte Lilli.

Lilli begann zu erzählen, was sich zugetragen hatte. Sie blieb haarklein bei der Wahrheit und beschönigte nichts. Auch von dem Eindringling berichtete sie und gab alles wieder, was sie durch die Tiere erfahren hatte.

Frau Essig-Steinmeier hörte ihr konzentriert zu. Als Lilli fertig war, griff sie entschlossen nach ihrem Telefon, wählte die Nummer der Polizei und meldete einen Einbruch.

Jesahja schluckte hörbar neben Lilli.

Sobald die Direktorin das Gespräch beendet hatte, verschränkte sie die Arme. »Ihr hättet mir viel früher Bescheid sagen müssen. Hatten wir das nicht vereinbart?«

Lilli trat nervös von einem Fuß auf den anderen. »Es tut mir leid. Wir haben … es vergessen. Ich meine, es sind so viele Sachen auf einmal passiert, dass wir nicht mehr daran gedacht haben, Sie anzurufen.«

Frau Essig-Steinmeier machte eine resignierte Handbewegung. »Jetzt können wir nichts mehr daran ändern.« Sie seufzte. »Wir müssen die Großkatzen sofort in ihr Gehege bringen. Hier haben sie nichts zu suchen.«

»Ich sage es ihnen!« Lilli eilte zu Shankar und Samira und erklärte ihnen, dass es Zeit war, nach Hause zu gehen.

Die Tigerin erhob sich und nahm Shira behutsam am Nacken. Shankar sah ihr verblüfft zu und tat dann das Gleiche mit Lio. Ein Baby war noch übrig. »Darf ich Tigerlilli nehmen?«, fragte Lilli, und Samira brummte mit vollem Maul ihre Zustimmung.

Lilli hob das Raubtierchen hoch und drückte es an ihre Brust. Tigerlilli schmiegte sich eng an sie und schnaufte zufrieden.

Lilli verabschiedete sich von den Schimpansen, die allesamt sehr erleichtert schienen, dass ihr Gehege nun wieder ihnen allein gehören würde. Dann verließen sie das Affenhaus – vier

Menschen, drei Liger, ein Löwe, eine Tigerin, ein weißer, puscheliger Hund, ein Leopard und eine orange getigerte Katze von Welt.

Es war bereits früher Morgen und die Sonne ging auf. Lilli betrachtete den rosa-blauen Himmel und fragte sich, was ihr dieser neue Tag wohl bringen mochte. Wenn Jesahja ihr heute sein Geheimnis nicht verriet, würden die Dinge einen schlimmen Lauf nehmen. Das hatte Lilli im Gefühl.

Jesahjas Geheimnis

Als Lilli und Jesahja ihre Räder im Garten der Susewinds abstellten, stand die Sonne bereits hoch am Himmel. Bonsai und Frau von Schmidt kletterten aus den Rucksäcken und stapften in Richtung ihrer Körbchen davon. Sie waren so müde, dass sie sich kaum noch auf den Beinen halten konnten.

Lilli und Jesahja waren nicht weniger erschöpft, aber ihre Betten mussten noch auf sie warten. Lilli zog Jesahja zum Gebüsch und ignorierte sein widerstrebendes Gesicht. Sie war fest entschlossen, ihn zum Reden zu bringen.

Sobald sie sich zwischen den Büschen zu ihrem kleinen Sitzplatz vorgearbeitet und im Schneidersitz niedergelassen hatten, brach es aus Lilli heraus. »Egal, was es ist, du musst es mir sagen! Wenn du irgendetwas über den Einbrecher weißt, dann sprich bitte mit mir! Wir sind doch die besten Freunde, wir können uns alles anvertrauen!«

Jesahja hörte Lilli aufmerksam zu. Sein abweisender Blick wurde mit jedem ihrer Worte weicher. Zögernd sagte er: »Ich ... weißt du ... es ist, weil ...« Er schüttelte den Kopf. »Ich habe ...« Dann sackte er plötzlich zusammen und schlug die Hände vors Gesicht.

Lilli starrte ihn betroffen an. Jesahja weinte! Unsicher legte sie ihm die Hand aufs Knie und ließ ihn weinen. So saßen sie eine Weile lang.

Schließlich nahm Jesahja die Hände runter und wischte sich mit dem Ärmel übers Gesicht. Seine Augen waren von der Müdigkeit und vom Weinen so gerötet, dass er regelrecht krank aussah. Er schniefte und erklärte mit erstickter Stimme: »Vor ein paar Tagen, als wir bei der Villa von diesem Millionär waren ...« Er verstummte. Dann holte er tief Luft und sprach weiter: »… da habe ich ein Auto vor dem Haus gesehen.«

»Ein Auto?« Lilli konnte sich an kein Auto erinnern. »Was war denn damit?«

»Es … also … es war der Wagen von Kornelius.«

»Was?« Lilli versuchte, diese Information zu verarbeiten. »Heißt das, dass Kornelius diesen Obscura kennt?«

»Also, es sieht so aus, als ob … er für ihn arbeitet.«

Lilli konnte kaum glauben, was sie da hörte. »Dein Onkel … arbeitet für …«, stammelte sie. »Bist du sicher?«

»Ich bin mir sicher.« Jesahja begann, nervös mit einem Blatt herumzuspielen. »Nachdem ich seinen Wagen dort gesehen hatte, habe ich ein paar Nachforschungen angestellt und ihn genau beobachtet. Er hat mehrere Male mit Obscura telefoniert und ist jeden Tag zum Flughafen und zur Villa gefahren.«

»Zum Flughafen? Aber … was hat er denn da gemacht?«

»Er trifft sich am Flughafen mit Tierschmugglern, die seltene Tiere aus dem Ausland ins Land schleusen.« Jesahja zerriss das Blatt in seiner Hand.

In Lillis Kopf begann sich alles zu drehen. Sie hatte noch nie etwas von Tierschmugglern gehört.

Jesahja sah ihr ratloses Gesicht und erklärte: »Diese Tierschmuggler fangen in Afrika, Südamerika oder Asien exotische Tiere und schmuggeln sie im Flugzeug über die Grenzen. Sie verstecken sie in ihrem Handgepäck oder in ihren Koffern. Meistens sind es Tiere, die vom Aussterben bedroht sind – seltene Papageien, Affenbabys, Schlangen, Spinnen, Leguane oder Schildkröten. Viele sterben beim Transport, weil sie sich stundenlang nicht rühren können und kaum Luft und kein Wasser bekommen ...«

Lilli schlang die Arme um ihre Beine. Ihr war auf einmal sehr kalt. »Und was passiert mit denen, die überlebt haben?«, fragte sie tonlos.

»Kornelius nimmt sie den Schmugglern am Flughafen ab und bringt sie zu Obscura.«

»Benutzt der sie dann ... für Tierversuche?« Lilli brachte die Frage kaum über die Lippen.

Jesahja antwortete: »Nein, ich glaube, es gibt gar kein Versuchslabor in dem Haus. Das war eine falsche Vermutung von mir. Soweit ich herausfinden konnte, hat Obscura die Tiere allein zum Spaß. Als Haustiere sozusagen.«

Lilli atmete auf, aber da fügte Jesahja schon hinzu: »Das ist kaum besser, als Tierversuche zu machen! Obscura hält die Tiere unter übelsten Bedingungen – das hat Armstrong uns doch erzählt! Er hat von winzigen Käfigen gesprochen und davon, dass er und die anderen Tiere Angst hatten.«

Lilli erinnerte sich an die Furcht in Armstrongs Augen. Sie fror entsetzlich.

Jesahjas Augen verengten sich. »Obscura quält die Tiere, aber das scheint Kornelius egal zu sein – er wird schließlich gut für seine Arbeit bezahlt.«

Lilli blickte ihn fragend an, und Jesahja schnaubte bitter. »Ich habe sie verhandeln gehört. Obscura zahlt Unsummen für jedes neue Glanzstück in seiner Sammlung.«

»Sammlung?« Lilli biss sich auf die Lippe. »Magnus Obscura *sammelt* Tiere, so wie ich Porzellanfigürchen?«, stieß sie fassungslos hervor. Tiere waren schließlich lebendige Wesen mit Gefühlen und eigenen Persönlichkeiten! »Wie kann er das nur tun? Und wie kann Kornelius da mitmachen?«

»Ich habe keine Ahnung.« Jesahja schnitt eine Grimasse. »Das hätte ich nie von ihm gedacht.«

Lillis Gedanken überschlugen sich. Kornelius musste der Mann sein, der die Harpyie in der Kiste zum Haus des Millionärs gebracht hatte! Lilli erzählte Jesahja nun hastig, was sie in jener Nacht beobachtet hatte.

»Ja, das muss Kornelius gewesen sein«, erwiderte Jesahja daraufhin ernst. »Wie hat der Wagen ausgesehen?«

»Das weiß ich nicht mehr. Ich achte nicht so auf Autos.«

Jesahja nickte nur.

Dann fragte Lilli das, was ihr schon die ganze Zeit auf der Seele lag. »War es Kornelius, der Armstrong aus dem Zoo entführt hat?«

Jesahja sah sie traurig an. »Ich bin mir nicht ganz sicher, aber ich glaube, ja. Nach dem, was du mir von Kornelius' Besuch im Zoo erzählt hast, könnte er an diesem Tag deinen Schlüssel geklaut haben. Du hast gesagt, er hätte dich umarmt …«

Lilli japste. »Natürlich! Dabei muss er ihn mir weggenommen haben ... Als ich morgens in den Zoo kam, hatte ich ihn ja noch!«

»Mit dem Schlüssel konnte er Armstrongs Käfig öffnen.«

»Aber wie hat er Armstrong dazu gebracht, mit ihm zu gehen?« Noch bevor Lilli den Satz zu Ende gesprochen hatte, wusste sie die Antwort. »Schokoriegel ...«, flüsterte sie. Plötzlich erinnerte sie sich daran, dass Frau Essig-Steinmeier gleich nach Armstrongs Entführung vor seinem Gehege auf eine Schokoriegelverpackung getreten war. »Kornelius hat Armstrong mit einem Schokoriegel gelockt!«

»Das wäre möglich. Wahrscheinlich hat er ihn dann gepackt und in seinen Rucksack gesteckt ...«

»... und ihn zu Magnus Obscura zurückgebracht.«

Sie schwiegen betroffen. Nach einer Weile flüsterte Lilli: »Und letzte Nacht ist er in den Zoo eingebrochen.«

»Ja, ich nehme an, dass er das auch war.«

»Nein, ganz sicher war er es. Bonsai hat ihn gewittert.«

»Was? Bonsai hat dir letzte Nacht schon gesagt, dass Kornelius der Eindringling ist?«

»Nein.« Lilli erklärte Jesahja nun, dass Bonsai lediglich einen starken Parfümgeruch wiedererkannt hatte, der ihm schon vor dem Haus des Millionärs aufgefallen war.

»Parfüm?«, wiederholte Jesahja und hielt inne. Lilli konnte es beinahe in seinem Kopf rattern hören. »Jetzt verstehe ich!« Er sah sie an wie elektrisiert. »Kornelius hat ein neues Deo, das extrem intensiv riecht! Er sprüht sich seit zwei Tagen immer heimlich, außerhalb unseres Hauses, von oben bis unten damit ein. Ich habe ihn dabei beobachtet und mich gewundert, was das soll ...« Jesahja überlegte. »Kornelius versucht offensichtlich, damit seinen Eigengeruch zu überdecken. Und ich könnte wetten, er macht das, weil er inzwischen erfahren hat, dass du mit Tieren sprechen kannst.«

Lilli hob fragend die Augenbrauen.

»Er weiß, dass uns die Tiere überallhin folgen«, erklärte Jesahja. »Wenn Bonsai oder Frau von Schmidt ihn irgendwo gewittert hätten, hätten sie es dir sofort gesagt. Dagegen musste er vorbeugen. Und durch das starke Deo haben sie seinen Geruch tatsächlich nicht wiedererkannt.«

»Was wollte er denn gestern Nacht im Zoo?«

»Ich glaube, er wollte einfach irgendein Tier für Obscura stehlen. Immerhin hatte er deinen Schlüssel, das muss wie eine Einladung für ihn gewesen sein, sich im Zoo zu bedienen. Und als er Feodor nicht betäuben konnte, hat er es eben bei King Olli versucht.«

»Er hat sich nicht besonders geschickt angestellt.«

»Er war wohl ziemlich aufgeregt. Schließlich ist er es gewohnt, dass Tiere in Kisten angeliefert werden und sich kaum rühren können«, sagte Jesahja düster.

Lilli stützte erschöpft das Kinn auf ihr Knie. Nun konnte sie sich vorstellen, was geschehen war und wer dahinter steckte, aber eines verstand sie immer noch nicht. »Warum hast du nichts gesagt?«, fragte sie leise. »Du hast gewusst, wo Armstrong ist. Du hast gewusst, dass in Magnus Obscuras Haus Tiere gequält werden. Aber du hast nichts unternommen!«

Jesahja ließ die Schultern hängen. »Ich wollte

es dir ja sagen. Ich habe hin und her überlegt …«, brachte er zerknirscht hervor. »Aber … erstens bin ich mir nicht hundertprozentig sicher, was in Magnus Obscuras Haus vor sich geht. Ich habe mir zwar einiges zusammengereimt, aber wer weiß, ob das auch alles stimmt? Und zweitens …«

»Zweitens?«

Jesahja rieb sich die Augen. »Kornelius ist mein Onkel. Ich konnte nicht einfach so die Polizei anrufen.«

»Aber er hilft doch Tierschmugglern!«, entgegnete Lilli. »Egal, ob er dein Onkel ist, egal, ob er nett ist – was er macht, ist grausam und falsch!«

»Ich weiß.« Jesahja lachte hart. »Ich bin eben doch nicht so mutig wie du denkst.«

Lilli schwieg. Da bemerkte sie, dass Jesahja am ganzen Körper zitterte.

»Ich bin ein ziemlicher Feigling«, fügte er leise hinzu und vergrub das Gesicht hinter seinen Armen. »Wenn Kornelius ins Gefängnis geht … dann gibt es niemanden, der auf mich aufpasst, bis meine Eltern wieder da sind. Und das bedeutet wahrscheinlich, dass ich ins Heim muss.«

Lilli erschrak. Daran hatte sie gar nicht gedacht.

»Trixi und Trina haben wenigstens eine Oma …«, murmelte Jesahja kaum verständlich, »aber ich habe außer Kornelius und meinen Eltern keine Verwandten. Wenn ich Kornelius verrate, bin ich … allein.«

»Das stimmt nicht!«, rief Lilli. »Du hast mich! Du hast meine Familie! Du bist nicht allein!«

Jesahja nahm langsam die Arme herunter. »Es ist nett von dir, das zu sagen.« Er schniefte. »Aber ich war schon wochenlang mit euch im Sommerurlaub. Das reicht deiner Familie bestimmt.«

»Das weißt du doch gar nicht! Ich könnte sie fragen –«

»Nein.« Jesahja hob abwehrend die Hand. »Lass uns erst einmal herausfinden, wie schlimm es in Magnus Obscuras Haus wirklich aussieht. Alles, was wir bisher haben, sind Vermutungen.« Er senkte den Blick. »Was die Tierversuche angeht, habe ich mich auch geirrt …«

»Du willst in die Villa einbrechen? Wie willst du das anstellen? Da gibt es eine Alarmanlage!«

Jesahja straffte die Schultern und blickte Lilli durchdringend an. »Ich habe einen Plan.«

Tierische Unterstützung

Den ganzen Tag über schlief Lilli vor Erschöpfung wie ein Stein. Abends stand sie auf und verbrachte die nächsten Stunden nervös und angespannt in ihrem Zimmer. Sie wartete darauf, dass es endlich zwölf wurde und sie Jesahjas Plan in die Tat umsetzen konnten.

Dann war es Mitternacht. Lilli schlich sich aus dem nachtstillen Haus. Vor der Haustür wartete Jesahja bereits auf sie. Neben ihm saß Frau von Schmidt und klopfte mit dem Schwanz auf den Boden. »Sie dachten doch nicht im Ernst, dass irgendetwas, das auch nur im Entferntesten interessant zu sein verspricht, ohne mich stattfinden könnte?«, miaute sie mit mürrischer Stimme.

»Hey, fahren wir zum Zoo?«, wuffte Bonsai, und erst da bemerkte Lilli, dass er ihr offenbar heimlich gefolgt war. »Oder zu dem komischen Haus?«

Lilli seufzte. »Wir machen beides.« Ohne viele Worte ließen Lilli und Jesahja die Tiere in ihre Rucksäcke springen, schwangen sich auf ihre Räder und schlugen den Weg zum Zoo ein. Denn damit Jesahjas Plan funktionieren konnte, brauchten sie dringend tierische Unterstützung.

Als sie dort ankamen, erklärten sie dem Hund und der Katze, dass sie mucksmäuschenstill vor dem Zootor auf sie warten sollten. Frau von Schmidt fand diese Anweisung zwar »in höchstem Maße unerquicklich«, aber das ignorierte Lilli.

Zielstrebig eilten Jesahja und Lilli zum Gehege der Otter. Kaum waren sie dort, beugte Lilli sich über die halbhohe Glasscheibe, die das Ottergebiet abgrenzte, und rief leise: »Captain Caruso, Ursel, wacht auf!«

Das Ottermännchen lugte zuerst aus dem Bau. »Wer da?«

»Ich bin es, Lilli. Kommt bitte einmal her!«

»Weib!«, rief Captain Caruso in den Bau hinein. »Es passiert was!«

Da flitzte Ursel schon an ihm vorbei. »Hallo Lilli! Was ist denn los?«

»Hallo! Wir möchten euch bitten, mit uns mitzukommen.«

Ursel stutzte. »Mitkommen? Wohin? Es gibt doch nur *hier* …« Unsicher sah sie sich in ihrem Revier um.

Lilli schüttelte den Kopf. »Es gibt noch … *woanders*. Dorthin gehen wir. Und dort brauchen wir eure Hilfe.«

»Potzblitz! Ein Abenteuer steht bevor!«, quietschte Captain Caruso. »Ein alter Haudegen wie ich riecht so etwas! Also gehen wir! Auf zu neuen Ufern, dem Ungewissen entgegen!«

Ursel zog sich ein paar Schritte zurück. »Ich war noch nie … woanders«, hauchte sie verschüchtert. »Da weiß ich ja gar nicht, wo alles ist.«

Lilli erkannte, dass es keine gute Idee war, Ursel mitzunehmen. Zwar hätte sie das Otterweibchen sehr gern dabeigehabt, da sie es insgeheim für die Intelligentere von beiden hielt. Aber die Mutigere schien Ursel nicht zu sein.

Schnell übersetzte Lilli für Jesahja, was die Tiere gesagt hatten. »Glaubst du denn, Caruso kriegt das allein hin?«, fragte Jesahja. »Was er tun muss, ist nicht leicht …«

»Captain Caruso schafft das«, sagte Lilli und hoffte inständig, dass sie damit recht hatte.

Da johlte der Otter: »Jawohl!« und scharrte ungeduldig mit den Pfoten im Sand. »Marsch!«

Lilli grinste und schloss sein Gehege auf. »Komm«, sagte sie, und Captain Caruso rannte ohne zu zögern durch den entstehenden Spalt in der Glaswand.

Ursel scheute hingegen zurück. »Woanders …«

»Es ist in Ordnung, Ursel«, beruhigte Lilli sie, und Caruso krähte: »Bin bald wieder zurück, Weib!« Schon hüpfte er auf Lillis einladende Hände, ließ sich von ihr auf ihre Schulter setzen und sah sich aufgeregt um.

»Okay«, sagte Jesahja. »Jetzt zum Affenhaus.«

Lilli nickte und folgte Jesahja mit Captain

Caruso auf der Schulter zum Gehege der Schimpansen. Denn damit ihr Plan gelingen konnte, mussten sie noch jemanden um Hilfe bitten.

Als sie das Schimpansengehege betraten, schienen alle Affen zu schlafen, doch King Olli, der in einer Hängematte lag, hob den Kopf. »Hallo Lilli!« Er schaute verwundert zu ihr herunter. »Hast du eine neue Katze?«

»Nein, das ist Captain Caruso – ein Otter«, flüsterte Lilli. Sie wollte die anderen Affen nicht aufwecken.

King Olli kletterte neugierig aus der Hängematte, hangelte sich an einer Liane hinab und blieb auf Augenhöhe mit Lilli und Caruso hängen. »Sieht aber nach Katze aus«, sagte er und tippte Caruso mit dem Finger auf die Nase.

Der Otter zuckte zurück, zeigte wütend die spitzen kleinen Zähne und fauchte: »Ich bin ein riesiger Bär! Du hast furchtbare Angst vor mir! Buaahhh!«

Lilli hätte beinahe gelacht, da regten sich Tikitomba und ein paar andere Schimpansen. Aber King Olli raunte ihnen zu: »Kein Alarm!«, und sie drehten sich gleich wieder um und schliefen weiter.

»Olli, wir brauchen deine Hilfe«, setzte Lilli an und erklärte ihm nun, was sie vorhatten. Der Schimpanse war sofort bereit, sie zu begleiten. Jede Abwechslung vom ruhigen Zooleben schien ihm sehr willkommen zu sein.

Ein paar Minuten später huschten sie im Mondlicht zum Ausgang zurück, wo Frau von Schmidt mit angesäuerter Miene und Bonsai mit fröhlich heraushängender Zunge auf sie warteten.

»Das sind Captain Caruso und King Olli«, stellte Lilli den Otter auf ihrer Schulter und den Affen an ihrer Hand vor.

»Hallo! Haarkumpel?«, kläffte Bonsai aufgeregt, aber als er sah, dass es sich um einen anderen Schimpansen handelte, ließ er enttäuscht die Ohren hängen.

Frau von Schmidt musterte die beiden Neuankömmlinge unterdessen eingehend und fand sie offenbar interessant genug, um ihre Verstimmung zu vergessen. »Sehr erfreut, meine Herren«, maunzte sie. »Gestatten: von Schmidt, weltbekannte Schnurrdame und legendäre Jägerin.« Mit eleganten kleinen Schritten stolzierte sie näher.

Captain Caruso zeigte ihr augenblicklich die Zähne und kreischte: »Ich bin ein riesiger Bär! Buaaahhh!«

King Olli lachte ein Schimpansenlachen, reckte den Arm und begann, Captain Caruso am Bauch zu kitzeln – was dieser alles andere als witzig fand. Aufgebracht schnappte er nach Ollis Finger und zeterte immer lauter.

Frau von Schmidt betrachtete den keifenden Otter und den kichernden Schimpansen mit schief gelegtem Kopf und miaute etwas vom »Verlust aller guten Sitten« und dem »Ende der zivilisierten Welt«.

Lilli machte dem Ganzen schließlich ein Ende und erklärte King Olli und Captain Caruso, was als Nächstes passieren würde. Nach ein paar Minuten konnten sie schließlich losfahren. Sie wählten kleine Nebenstraßen und verlassene Gehwege, damit sie niemandem begegneten und sich keiner über den Otter und den Hund wundern konnte, die aus Lillis Rucksack herausguckten – oder über den Schimpansen auf Jesahjas Gepäckträger. Eine halbe Stunde lang radelten sie durch die Stadt und anschließend über schlecht beleuchtete Feldwege. Irgendwann erreichten sie endlich die Villa des Millionärs.

Als Lilli ihr Rad abstellte, klopfte ihr das Herz zum Zerspringen. Nun wurde es ernst. »Bist du dir ganz sicher, dass Magnus Obscura heute nicht da ist?«, fragte sie Jesahja.

Er nickte und half Frau von Schmidt aus ihrer Reisesänfte. »Ich habe Kornelius am Handy darüber sprechen hören. Obscura ist für zwei Tage verreist.«

Lilli ließ Bonsai und Captain Caruso auf den Boden springen. Gleichzeitig kletterte King Olli mit begeisterter Miene vom Fahrrad und sah sich aufmerksam um. Auch der Otter schnüffelte aufgeregt umher, und der kleine Hund tat es ihm gleich. Nur Frau von Schmidt setzte sich abwartend hin. »Wären Sie so freundlich, mich zu informieren, welche Art von Betätigung Sie als Nächstes planen, Madame?«

»Gute Frage.« Lilli erklärte den Tieren nun genau, was sie vorhatten und welche Rolle King Olli und Captain Caruso dabei spielten.

»Und welche Rolle spiele ich?«, fragte die Katze.

»Sie sind … äh, auch sehr wichtig«, gab Lilli

zögernd zur Antwort. »Sie und Bonsai sind … das Publikum!«

Frau von Schmidt war nicht sehr angetan. »Wissen Sie, ich merke gerade, wie sich eine gewisse Müdigkeit meiner bemächtigt. Wären Sie also so gnädig, den Herren Caruso und Olli mitzuteilen, sie mögen sich mit ihrer Aufführung ein wenig beeilen, damit wir schnellstmöglich wieder abreisen können?«

Lilli seufzte.

Captain Caruso lief währenddessen auf und ab und murmelte konzentriert vor sich hin. Er musste sich seine Aufgabe genau einprägen, damit der Plan funktionieren konnte.

Schließlich gab Jesahja das Zeichen zum Start. Lillis Kehle war so trocken wie Sandpapier. Mit leisen Schritten schlichen sich Jesahja, Lilli, King Olli und Captain Caruso nun an die Mauer heran, die das Haus des Millionärs umgab. Bonsai und Frau von Schmidt – das Publikum – beobachteten sie dabei. Lilli achtete genau auf jede ihrer Bewegungen, denn Jesahja hatte ihr eingeschärft, dass sie die Mauer nicht berühren durfte, weil diese durch eine Alarmanlage gesichert war.

Lilli blieb stehen und setzte King Olli ihren Rucksack auf. Wie es der Plan erforderte, sprang Caruso hinein.

»Also los, Kätzchen«, gackerte der Schimpanse, und schon kletterte er an dem großen Baum hinauf, der neben der Mauer stand. Lilli und Jesahja warteten unten und beobachteten, was über ihnen geschah: Der Schimpanse hangelte sich in schwindelerregender Höhe von Ast zu Ast.

Der Rucksack mit Captain Caruso darin schaukelte auf King Ollis Rücken bei jeder Bewegung hin und her. Lilli konnte kaum hinsehen.

»Sie schaffen es!«, flüsterte Jesahja, und im gleichen Moment erreichte der Affe einen von zwei Ästen, die über die Mauer hinüberragten. Ohne Angst balancierte er darauf entlang, bis er sich direkt über dem Wassergraben befand.

Nun zog King Olli den Otter, wie verabredet, aus dem Rucksack und setzte ihn auf den Ast. Caruso sah sich kurz um und fackelte nicht lange. Er schrie: »Flieg, Captain, flieg!« und stürzte sich kopfüber in den Wassergraben.

Lilli hielt die Luft an und begann im Stillen zu beten. Das kleine Tier fiel mehrere Meter in die Tiefe und landete dann mit einem leisen »Platsch!« im Wasser. Lilli konnte nun nichts mehr sehen, aber da sie direkt auf der anderen Seite der Mauer stand, hörte sie den kleinen Otter rufen: »Ha! Hier gibt es Fisch! Gegen einen leckeren Snack zwischendurch hat sicherlich niemand etwas einzuwenden …«

Lilli verdrehte die Augen und übersetzte Jesahja nicht, was sie hörte. Dann war alles still. Nach einigen Minuten wurde Lilli unruhig. Was, wenn irgendetwas schiefgegangen war und Caruso Probleme hatte?

Da erklang ein raues Knirschen, begleitet von einem leisen Summen. Die Brücke fuhr aus!

Lilli und Jesahja riefen gleichzeitig: »Er hat es geschafft!« und klatschten ihre Hände aufeinander.

Im nächsten Augenblick öffnete sich das elektrische Tor der Villa. Captain Caruso hatte ganze Arbeit geleistet.

Lilli winkte Bonsai und Frau von Schmidt aufgeregt heran, und die beiden folgten dieser Aufforderung auf der Stelle. Die Katze wirkte sehr zufrieden und gestand, ihre Müdigkeit sei nun »gänzlich bezwungen«. Als Nächstes lobte sie

Hier gibt es Fisch

wortreich die »vortreffliche Präzision der Aufführung«, während Bonsai kläffte, die »Show« wäre »echt der Knaller« gewesen.

Lilli nahm King Olli, der sich inzwischen wieder zu ihnen gesellt hatte, an die Hand, und dann gingen sie alle gemeinsam durch das Tor. Auf der Brücke hoppelte ihnen Captain Caruso entgegen. »Mission erfüllt!«, zirpte er. »Durch das Fenster-Dings den Bau geentert, Kasten-Dings neben dem Eingang mit der Nase gedrückt, anderes Dings mit den Zähnen gezogen, drittes Dings mit der Pfote umgedreht.«

»Du bist der beste und mutigste Otter der Welt!«, rief Lilli und war furchtbar stolz auf das kleine Tier.

Jesahja lachte. »Ja, ich habe noch nie von einem Otter gehört, der eine Alarmanlage außer Gefecht gesetzt hat!«

An Jesahja gewandt sagte Lilli: »Du bist auch der Beste! Wenn du nicht das Telefongespräch belauscht hättest, in dem es um die Alarmanlage ging, und dir dann Kornelius' Notizen zu der Anlage und der Brücke abgeschrieben hättest, wären wir aufgeschmissen gewesen.«

»Freu dich nicht zu früh.« Jesahja lächelte

schwach. »Wir können zwar in die Villa rein, aber das Schwierigste kommt noch.«

Lilli blickte ihn fragend an, dann verstand sie. Ängstlich griff sie nach Jesahjas Hand, und seine Finger schlossen sich fest um ihre.

Gemeinsam mit King Olli, Captain Caruso, Frau von Schmidt und Bonsai betraten sie die Villa des Millionärs.

Die Befreiung

Magnus Obscuras Haus war äußerst edel eingerichtet. Von der Decke hingen riesige Kronleuchter herab, und an den Wänden prangten Fotos in goldenen Rahmen. Bei genauerem Hinschauen erkannte Lilli, dass auf allen Fotos das Gleiche zu sehen war: ein Mann im Safarianzug, der mit strahlendem Gesicht und einem Gewehr in der Hand neben getöteten Tieren stand. Auf einem Bild lag ein totes Zebra am Boden, auf dem nächsten ein Löwe, auf dem übernächsten ein Elefant … Lilli drehte sich beinahe der Magen um.

»Anscheinend sind Jagen und Wildern weitere Hobbys von Obscura«, murmelte Jesahja in wütendem Ton.

Lilli konnte nichts antworten. Sie hatte das Gefühl, sich übergeben zu müssen. Auch die Tiere schienen zu spüren, dass an diesem Haus etwas seltsam war. King Olli schlich geduckt voran, als erwarte er jederzeit einen Angriff, und Captain Caruso drehte sich hektisch hierhin und dorthin, als fühle er sich verfolgt. Frau von Schmidt beschwerte sich derweil über das »grässliche Ambiente«, während Bonsais kleine Schritte immer langsamer wurden und er schließlich leise wuffte. »Lilli, können wir jetzt wieder nach Hause gehen?«

Lilli entgegnete: »Nein, hier in diesem Haus gibt es ein paar Tiere, denen wir dringend helfen müssen.«

Bonsai schien diese Antwort ganz und gar nicht zu gefallen, aber dann bellte er plötzlich: »Ich rieche was! Hier ist irgendwo ein Zoo. Also … es riecht nach Zoo.«

Lilli überlegte. Bonsai hatte vor zwei Tagen etwas Ähnliches gesagt. »Kannst du uns zu dem Geruch hinführen?«

»Könnte ich schon …«, antwortete Bonsai und warf Lilli einen unglücklichen Blick zu, aber dann setzte er sich in Bewegung. Lilli und die anderen folgten ihm auf Zehenspitzen.

Der kleine Hund trippelte einen langen Flur entlang, die Nase dicht am Boden. Es war gespenstisch still. Die leisen Geräusche, die ihre Turnschuhe und die Pfoten der Tiere auf dem Steinboden machten, schienen durch das ganze Haus zu hallen. Vor einer großen Tür blieb Bonsai schließlich stehen. »Dahinter ist der Zoo«, vermeldete er.

Lilli übersetzte für die anderen, was er gesagt hatte. Jesahja zögerte nicht lange und öffnete die Tür. Dahinter lag eine lange, dunkle Kellertreppe, die in die Tiefe führte.

»Es riecht nach Angst«, murmelte Captain Caruso und machte ein paar Schritte rückwärts. King Olli schien dasselbe wahrzunehmen und wich zurück.

Lilli wäre ebenfalls am liebsten wieder umgekehrt. Doch dann dachte sie an Armstrong. Sie sah sein kleines Gesicht mit den traurigen Augen vor sich, und das gab ihr die Kraft, nicht wegzulaufen. Mit zitternden Fingern suchte sie hinter der Tür nach einem Lichtschalter und stöhnte erleichtert, als sie einen fand. Sobald sie das Licht eingeschaltet hatte, wirkte die Treppe nur noch halb so unheimlich.

Jesahja ging voran, und Lilli folgte ihm mit weichen Knien. Bonsai, Frau von Schmidt und King Olli kamen zögerlich und mit furchtsamen Gesichtern nach. Captain Caruso drängte sich jedoch an Lilli vorbei, lief voraus und verschwand am unteren Treppenabsatz. Gleich darauf hörte Lilli den kleinen Otter fauchen: »Buaahhh! Ich bin ein riesiger Bär!« Offenbar war Caruso auf ein anderes Tier gestoßen! Sie hetzten nach unten und stolperten am Treppenabsatz über ein dickes Stromkabel, das zu einem Terrarium führte. Der Otter stand mit gefletschten Zähnen vor dem Terrarium und keifte aufgebracht: »Du hast schreckliche Angst vor mir! Huuu!«

Ihm gegenüber stand ein Krokodil.

Erst nach einer furchtbaren Schrecksekunde wurde Lilli klar, dass das Krokodil den Otter durch die Glasscheibe des Terrariums nicht angreifen konnte. Als sie die Situation erfasste, war ihre Angst um Caruso verflogen und machte einer tiefen Sorge um das Krokodil Platz. Das Tier hatte in seinem Terrarium kaum den Raum, sich umzudrehen. Es war regelrecht zwischen den Glaswänden eingekeilt. Zudem sah es schwach und kränklich aus und reagierte weder auf den Otter noch auf Lilli. Lilli legte die Hand gegen die Scheibe, aber im Augenblick konnte sie nichts für das Krokodil tun.

Sie schaute sich ängstlich im Keller um, und was sie sah, war schlimmer, als sie erwartet hatte. Sie befanden sich auf einem langen Gang, der von unzähligen kleinen Käfigen und Terrarien gesäumt wurde. Es roch erbärmlich, nach Dreck und abgestandener Luft und … Angst. Lilli schlug sich die Hand vor den Mund. Hier lebten zahllose Tiere unter furchtbarsten Bedingungen! Sie erkannte in den Käfigen neben dem Krokodil giftige Schlangen und Spinnen, die allesamt viel zu wenig Platz hatten. Einige Schlangen waren wach und schauten Lilli mit großen Augen an, als wollten sie fragen, wann ihre Qual endlich ein Ende habe.

»Wir holen euch hier raus …«, murmelte Lilli, obwohl sie schlechte Erfahrungen mit Schlangen gemacht hatte und sogar ein wenig Angst vor ihnen verspürte. Aber auch Schlangen wa-

ren Tiere, und was ihnen hier angetan wurde, war grausamste Tierquälerei!

King Olli, Bonsai und Captain Caruso standen wie erstarrt am Treppenabsatz. Frau von Schmidt machte ein paar Schritte in Richtung der Käfige, überlegte es sich dann aber wieder anders, miaute, die »Herrschaften in den Schaufenstern« erschienen ihr »wenig ansprechend«, und gesellte sich flugs wieder zu den anderen.

Jesahja hingegen ging langsam und sichtlich erschüttert den Gang hinab. »Die meisten Tiere haben kaum noch Trinkwasser«, stellte er mit erstickter Stimme fest. Dann entdeckte er etwas. »Hier ist ein Vogel!«

Lilli hastete zu ihm. In einem Käfig, der eher für Wellensittiche als für den stärksten Greifvogel der Welt gemacht zu sein schien, hockte die Harpyie. Der schöne Vogel stellte aufgeregt den silbernen Federschopf auf, als Lilli vor ihn trat. »Wer bist du?«, pfiff er.

»Ich bin Lilli«, antwortete Lilli, und kaum hatte sie diese Worte ausgesprochen, erklang ein verzweifelter Ruf aus dem hinteren Teil des Kellers. »Lilli? Lilli???«

Es war Armstrong.

Lilli rannte los. An einem Käfig nach dem anderen lief sie vorbei, warf in jeden einen kurzen Blick und konnte sich keine Zeit für die verzweifelten Tiere darin nehmen. Sie musste zu Armstrong. »Armstrong?«, rief sie. »Wo bist du?«

»Hier! Lilli!«, gellte er. »Du … gekommen!«

Dann war sie bei ihm. Der Schimpanse hing am Gitter eines winzigen Käfigs, der kaum größer war als er selbst, und streckte seine kleine Hand nach draußen. »Armstrong!« Lilli griff nach seiner Hand und lehnte die Stirn gegen den Käfig. »Endlich habe ich dich gefunden.«

Armstrong schob die andere Hand zwischen den Stäben hervor und streichelte vorsichtig Lillis Haar. »Hause?«, fragte er leise, aber Lilli konnte keinen Ton hervorbringen.

Auf einmal stand King Olli neben ihr. »Hallo Kleiner«, schnaufte er heiser. Es stand ihm ins Gesicht geschrieben, wie sehr es ihn erschreckte, seinen Artgenossen in einer derart schlimmen Lage zu sehen.

»Panse!«, rief Armstrong und grinste ein Menschengrinsen. »Du … ich … Lilli … zusammen … Hause?«

King Olli legte den Kopf schief und schien

sich über die Ausdrucksweise und die Mimik des kleinen Affen zu wundern. Dennoch antwortete er: »Ja, gehen wir nach Hause.«

Da hörte Lilli Bonsai am anderen Ende des Ganges bellen. »Alarm! Es kommt jemand.«

Gleich darauf hörten sie Schritte auf der Treppe. Jemand kam in den Keller! Lilli stand stocksteif da. Angst legte sich wie eine eiserne Faust um ihren Hals.

Jesahja war indessen alles andere als stocksteif. Fieberhaft kramte er in seiner Hosentasche, zog sein Handy hervor, tippte blitzschnell eine Nummer ein und sprach hastig in den Hörer. Was genau er sagte, konnte Lilli nicht verstehen, denn neben ihr begann Armstrong zu schreien. »Der Mann! Lilli, Achtung! Du … verstecken!«

Aber dazu war es zu spät. Lilli blickte starr zur Treppe. Bonsai war der Erste, der sah, wer die Treppe herunterkam, denn plötzlich begann er, mit dem Schwanz zu wedeln. »Hallo!«, bellte er. »Na? Alles fit?«

Frau von Schmidt, die vor Anspannung eine geduckte Jagdhaltung eingenommen hatte, entspannte sich schlagartig. »Oh, seien Sie gegrüßt«, miezte sie freundlich.

Lilli beobachtete verwirrt, was geschah. Nun waren Beine auf der Treppe zu sehen …

Bonsai tippelte schwanzwedelnd auf die Beine zu. Aber dann zuckte er zurück. »Das ist doch …« Er schnüffelte, stutzte und bellte aus vollem Halse: »Lilli! Schmidtis Herrchen riecht nach dem krassen Geruch! Er ist … der Mann!«

Lilli schloss erschreckt die Augen. Das durfte nicht wahr sein! Kornelius war hier?

Frau von Schmidt miaute empört: »Mein Hausmann müffelt!«, während Bonsai aufgeregt weiterkläffte: »Aufpassen! Er ist es! Er war im Zoo! Alarm!«

Dann verstummte Bonsai, und Lilli machte die Augen wieder auf. Am Treppenabsatz stand Kornelius. Er sah sich staunend um. King Ollis Anblick schien ihn besonders zu irritieren. Mit großen Schritten kam er näher. »Was macht ihr hier?« Sein Gesicht war hochrot.

»Das könnten wir dich auch fragen«, erwiderte Jesahja und trat seinem Onkel entgegen. »Ich nehme an, du bist hier, um den Tieren Wasser zu geben? Den Tieren, die du Obscura beschafft hast?«

Lilli schnappte nach Luft. Wollte Jesahja seinen Onkel zur Rede stellen? Das war mehr als mutig von ihm!

»Du hast mir nachspioniert, was?« Kornelius klang bestürzt. »Und dabei war ich so vorsichtig …«

»Nicht vorsichtig genug.«

»Wie seid ihr hier reingekommen? Wie habt ihr ohne Schlüssel die Alarmanlage ausgeschaltet?«

»Wir hatten Hilfe«, gab Jesahja zur Antwort. »Der Schimpanse ist auf einen Baum geklettert und der Otter ist durch den Wassergraben geschwommen.« Er wies auf Captain Caruso. Der hatte sich unter einem Käfig verkrochen, doch sein langer Schwanz ragte aus dem Versteck hervor.

»Habt ihr die Tiere aus dem Zoo geklaut?«

»Ja, aber wir bringen sie später wieder dahin zurück, wo sie hingehören.« Jesahja blickte seinem Onkel fest in die Augen. »Du machst genau das Gegenteil.«

»Ich …« Kornelius wischte sich nervös den Schweiß von der Stirn. »Du weißt anscheinend alles.« Er sah aus wie ein Tier, das in eine Falle getappt war. »Jesahja … ich brauchte dringend

Geld. Ich hatte Schulden, und Obscura bezahlt gut.«

»Woher kennst du ihn?«

»Er hat mich bei einer Party angesprochen. Er wusste, dass ich Geldprobleme habe. Und so kam eins zum anderen.«

»Aber die Tiere!«, platzte es aus Lilli heraus. »Sie leiden hier! Das kann Ihnen doch nicht egal sein.«

»Nein, es ist mir alles andere als egal!«, rief Kornelius und raufte sich die Haare. »Ich habe jede Nacht Albträume. Es ist, als würden mich ihre Augen verfolgen …«

»Und trotzdem hast du weitergemacht«, sagte Jesahja fassungslos. »Du hast Armstrong aus dem Zoo entführt und ihn hierher zurückgebracht!«

»Der Schimpanse, ja …« Kornelius wimmerte nun beinahe. »Obscura hat ihn vor einigen Jahren als Jungtier bekommen und wollte ihn unbedingt wiederhaben. Der Affe ist ihm viel wert. Er hat ihm schließlich einige Tricks beigebracht. Zum Beispiel, Verpackungen aufzumachen, zu applaudieren, zu winken –«

»Er hat ihn gezwungen, sich zum Affen zu

machen«, stieß Lilli flüsternd und voller Abscheu hervor. Doch Kornelius hörte sie nicht. Aufgebracht fuhr er fort: »Obscura bekam einen fürchterlichen Wutanfall, als der Affe ihm entwischt ist. Der Kleine ist mir zwischen den Füßen hindurchgeschlüpft, als ich über die Brücke kam …« Aus seiner Stimme sprach Verzweiflung. »Ich habe nach ihm gesucht, aber ich konnte ihn nirgendwo finden, und Obscura wurde immer ärgerlicher. Dann ist der Affe in Lillis Zimmer aufgetaucht, und ihr habt ihn in den Zoo gebracht. Ich musste einfach versuchen, ihn zurückzuholen. Obscura war kurz vorm Durchdrehen! Und als ich gesehen habe, dass Lilli einen Schlüssel für die Zoogehege hat … da konnte ich nicht anders.«

Jesahja hörte mit unschlüssiger Miene zu. Er schien zwar Mitleid mit seinem Onkel zu haben, aber auch furchtbar enttäuscht von ihm zu sein. »Und in der nächsten Nacht bist du dann mit dem Schlüssel in den Zoo eingebrochen …«

»Obscura wollte schon lange einen Leoparden haben! Aber es ist schwierig, einen über die Grenze zu schmuggeln – viel schwieriger als die Schlangen und Spinnen zu besorgen, die

Obscura so faszinierend findet. Da dachte ich, ich versuche es mal im Zoo.« Er lachte wirr. »Aber das ist gründlich in die Hose gegangen. Ich bin zu blöd, einen Leoparden mit dem Betäubungspfeil zu treffen, auch wenn er keine zehn Meter entfernt ist!« Er lachte wieder. »Dann dachte ich, vielleicht könnte ich Obscura einen zweiten Schimpansen bringen. Den einen mag er ja schon so gern und –«

»Wenn er Armstrong so gern hat, warum hält er ihn dann in diesem winzigen Käfig?«, fiel Lilli ihm ins Wort und wunderte sich selbst über ihr vorlautes Eingreifen.

Kornelius sah sie an, als erinnere er sich erst jetzt, dass sie da war. »Ich glaube, es ist ihm egal, wie es den Tieren geht. Er findet es lustig, wenn der Affe Faxen macht, aber wenn er genug von ihm hat, sperrt er ihn wieder in den Käfig und geht seinen anderen Hobbys nach.«

Lilli ballte vor Wut die Fäuste. Wenn dieser Magnus Obscura jetzt vor ihr gestanden hätte, wäre sie ihm an die Gurgel gesprungen.

Kornelius blickte Jesahja flehend an. »Ich weiß, dass es falsch war, was ich gemacht habe, aber ich hatte wirklich keine andere Wahl!«

Jesahjas Mund verhärtete sich.

»Ich verspreche euch, sofort damit aufzuhören – wenn ihr keinem verratet, was ihr wisst«, bat Kornelius eindringlich. »Ich kündige hier! Und ihr vergesst, was ihr gesehen habt.«

»Aber –«, begann Lilli, doch Jesahja unterbrach sie. »Das geht nicht. Ich habe die Polizei angerufen. Sie ist schon auf dem Weg.«

Kornelius riss die Augen auf. »Du hast ...« Er griff sich mit beiden Händen an den Kopf. »Ruf sie an und sag, dass du einen Scherz gemacht hast! Jungs machen so was dauernd!«

Jesahja schüttelte mit Nachdruck den Kopf. »Nein. Was du gemacht hast, war grausam. Es wäre nicht richtig, wenn du ohne Strafe davonkommen würdest.«

Lilli hörte Jesahja zu und spürte ein warmes Gefühl der Bewunderung in sich aufsteigen. Sie wusste, wie schwer diese Worte für ihn sein mussten. Denn wenn Kornelius ins Gefängnis kam, war Jesahja allein. Dennoch tat er, was richtig war.

Bevor Kornelius weitersprechen konnte, hörten sie über sich schweres Fußgetrappel. Die Polizei war da.

Hause

Gleich darauf liefen mehrere Polizisten die Kellertreppe hinunter. Bevor sie unten waren, öffnete Lilli Armstrongs Käfig, ließ den kleinen Schimpansen heraus und nahm seine Hand. Um nichts in der Welt würde sie dieses Haus ohne ihn verlassen! King Olli griff nach ihrer anderen Hand, und Lilli drückte sie fest.

»Wer von Ihnen ist Jesahja Sturmwagner?«, fragte der erste der Polizisten, ein großer Mann mit Bart. Während er fragte, blickte er sich bestürzt im Keller um. Der Gestank und die winzigen Tierkäfige schienen auch ihn zu erschüttern.

»Ich habe Sie angerufen«, antwortete Jesahja.

Im selben Moment sank Kornelius zu Boden. »Verhaften Sie mich!«, keuchte er. »Ich bin ein Tierschmuggler!« Er schlug die Hände vors Gesicht. »Es stimmt, ich hätte das nicht tun dürfen, egal, in welchen Schwierigkeiten ich gesteckt habe.«

»Nun mal ganz langsam«, sagte der Polizist. Jesahja berichtete ihm ausführlich, dass er Telefonate zwischen seinem Onkel und Magnus Obscura belauscht und so herausgefunden hatte, was in der Villa vor sich ging.

Der Polizist hörte ihm aufmerksam zu, und einer seiner Kollegen schrieb alles, was Jesahja sagte, auf einen Notizblock. Schließlich fragte er: »Und wieso hast du uns nicht angerufen, als du dies alles erfahren hast?«

Jesahja schwieg, und der Polizist blickte ihn durchdringend an. »Hast du dir gedacht, dass ihr der Sache lieber allein auf die Spur gehen wollt?« Er seufzte. »Ich muss dich fragen, was du in diesem Haus zu suchen hast, junger Mann. Wie bist du hier hereingekommen?«

Lillis Augen weiteten sich. Plötzlich wurde

ihr klar, worauf dieses Gespräch hinauslaufen konnte. Die Polizei würde sie wegen Einbruchs verhaften! Schlimmer noch: Die Polizei würde wissen wollen, wie sie es geschafft hatten, die Alarmanlage auszutricksen, und dann mussten sie zugeben, dass ein Schimpanse und ein Otter ihnen geholfen hatten!

Da sagte Kornelius: »Die Kinder sind mir gefolgt! Ich war hier, um die Tiere zu füttern und ihnen Wasser zu geben. Ich habe Obscuras Schlüssel. Mein Neffe und seine Freundin sind mir anscheinend heimlich nachgeschlichen.«

Lilli konnte kaum glauben, was sie hörte. Auch Jesahja sah Kornelius verwundert an.

»Diesen Affen da« – Kornelius deutete auf Armstrong – »diesen Affen habe ich vor zwei Tagen aus dem Zoo gestohlen.«

»Ach, Sie waren das?«, fragte der Polizist interessiert. »Wir konnten in dieser Sache bisher keinen Verdächtigen ausmachen.« Er kratzte sich am Bart. »Und der andere Affe?«

Lilli erstarrte. Wie konnten sie nur King Ollis Anwesenheit erklären?

»Der ist auch aus dem Zoo«, erwiderte Kornelius, bevor Jesahja oder Lilli antworten konnten. »Ich bin heute Nacht wieder in den Zoo eingebrochen und habe den großen Schimpansen dort und diesen Otter gestohlen.« Er wies auf Captain Carusos Schwanz, der unter dem Käfig hervorlugte.

Lilli sog hörbar die Luft ein. Sie konnte kaum fassen, dass Kornelius log, um ihnen aus der Patsche zu helfen! Offenbar hatten sie sich nicht so sehr in ihm getäuscht, wie sie dachten. Lilli starrte ihn verwirrt an. Konnte jemand ein guter Mensch sein, obwohl er so schlimme Dinge tat?

»Wir sollten sofort den Zoo anrufen«, entschied der Polizist. »Die Zooleitung muss wissen, wo die Tiere sind.«

Lilli stieß erleichtert die Luft aus. Armstrong und die anderen würden noch in dieser Nacht nach Hause kommen!

Der Polizist telefonierte nun. Wie es schien, sprach er mit Frau Essig-Steinmeier. Danach stellte er Kornelius endlos viele Fragen über die Schmuggler, den Millionär und die Tiertransporte. Kornelius antwortete bereitwillig.

Nach einer Weile klingelte es, und kurz darauf führte ein Polizist die Zoodirektorin die Treppe hinunter.

»Himmel!«, entfuhr es ihr. »Hier stinkt es ja bestialisch!« Sie schaute sich um. »Liliane! Jesahja! Was macht ihr denn hier? Und was hat King Olli hier zu suchen?«

Glücklicherweise musste Lilli nicht antworten, denn der Polizist erklärte der Direktorin, was sich zugetragen hatte und dass Armstrong, King Olli und Captain Caruso von Kornelius gestohlen worden waren. Danach erzählte er, wie Lilli und Jesahja dabei geholfen hatten, zwei Verbrecher zu stellen, und fügte hinzu, der ganze Schmugglerring könne möglicherweise mit Kornelius' Hilfe gesprengt werden. »Magnus Obscura wird festgenommen, sobald er von seiner Reise zurückkehrt«, schloss er. »Und *Sie* muss ich vorerst ebenfalls in Gewahrsam nehmen.« Mit diesen Worten griff er nach Kornelius' Arm und führte ihn zur Treppe.

Kornelius warf Jesahja einen Blick zu. »Es tut mir wirklich leid«, sagte er leise.

Jesahja nickte traurig. »Mir auch.«

Kornelius wurde abgeführt.

»Kümmern Sie sich um die Tiere?«, fragte ein anderer Polizist die Direktorin nun. »Könnten Sie sie vorübergehend im Zoo aufnehmen?«

Frau Essig-Steinmeier zog die linke Augenbraue hoch und marschierte mit zackigen Schritten an den Käfigen vorbei, schaute in jeden hinein und seufzte immer wieder. Schließlich sagte sie: »Den Tieren geht es sehr schlecht. Sie brauchen dringend intensive Pflege und Fürsorge.«

Alle sahen sie fragend an.

»Ich denke, wir haben im Zoo genügend Platz, um diese Tiere unterzubringen«, erklärte sie.

Lilli jauchzte auf. Etwas Besseres konnte den Tieren gar nicht passieren! Es war bestimmt nicht möglich, sie in ihre Heimat zurückzubringen, und so waren sie im Zoo am besten aufgehoben. Während die Erwachsenen nun die genauen Abläufe regelten, ging Lilli mit Armstrong und King Olli zu Jesahja. Man konnte ihm ansehen, wie schwer dies alles für ihn gewesen war.

Da klingelte sein Handy. »Es ist mitten in der Nacht!«, murmelte er überrascht. Dann hellte sich seine Miene auf. »Das müssen meine Eltern sein! In China ist es schon Morgen, und sie vergessen immer den Zeitunterschied …« Hastig ging er dran, rief: »Hallo Mama!« und hörte gespannt seiner Mutter zu, die ihm offenbar etwas Wichtiges erzählte. Schließlich legte er auf und strahlte Lilli an. »Sie kommen in zwei Wochen nach Hause!«

Lilli entfuhr ein Freudenschrei. Sie wusste, wie sehr Jesahja seine Eltern vermisste. »Für zwei Wochen kannst du ganz bestimmt bei uns wohnen!«, sagte sie aufgeregt. »Ich weiß, dass meine Familie nichts dagegen hat! Meine Mutter hat einmal gesagt, sie ist froh, dass ich einen Freund wie dich habe.«

»Wirklich? Das hat sie gesagt?«, fragte Jesahja.

Lilli nickte. »Mach dir keine Sorgen. Es wird alles gut.« Sie lächelte ihn an, und Jesahja lächelte zurück.

Eine Stunde später standen Lilli, Jesahja, Captain Caruso, King Olli, Armstrong und Frau Essig-Steinmeier abgespannt vor dem Zooportal. Es war früher Morgen. Die anderen Tiere aus Magnus Obscuras Villa würden später von Tierpflegern abgeholt werden, und Frau von Schmidt und Bonsai hatten sie auf dem Weg zum Zoo bei den Susewinds abgesetzt. Die beiden waren völlig erschöpft und hatten zum ersten Mal keine Lust, in den Zoo mitzugehen.

Zuerst brachten sie Captain Caruso zurück zu seinem Gehege. Ursel erwartete ihren Gefährten schon sehnsüchtig und überfiel ihn gleich mit der Frage, wie es »woanders« gewesen sei. Captain Caruso erklärte daraufhin ernsthaft, er hätte den Eindruck, er sei ein Held. Lilli stimmte ihm aus vollem Herzen zu. Sie bedankte sich noch einmal bei dem kleinen Otter. Dann gingen sie weiter zum Affenhaus.

King Olli schleppte sich müde voran, und auch Armstrong konnte kaum die Augen offenhalten. Als sie aber das Affenhaus betraten, schnüffelte er aufgeregt. »Hause?«, grunzelte er.

»Ja, wir sind zu Hause«, antwortete Lilli froh.

Vor Armstrongs Gehege blieben sie stehen. Als Lilli gerade aufschließen wollte, zupfte King Olli sie am Ärmel. »Kann der Kleine bei uns wohnen?«, fragte er.

Lilli schaute ihn überrascht an. »Du möchtest, dass er zu euch ins Schimpansengehege kommt?«

»Ja! Pansen!«, krähte Armstrong.

Frau Essig-Steinmeier klatschte in die Hände. »Dem Himmel sei Dank!«, rief sie erleichtert. »Olli hat ihn als Gruppenmitglied akzeptiert!«

Lilli hatte den Eindruck, dass King Olli Armstrong nicht nur akzeptiert hatte, sondern ihn sehr gern mochte. Ihre Vermutung bestätigte sich, als der große Schimpanse den kleinen nun am Arm nahm und ihn in Richtung seines Geheges fortzog.

Frau Essig-Steinmeier beeilte sich, die Tür des Schimpansenreviers aufzuschließen, und sobald sie dies getan hatte, führte King Olli Armstrong hinein.

»Hallo! Alle Mann herhören!«, rief King Olli, und einige der Schimpansen linsten verschlafen zu ihm herunter. Tikitomba kletterte gähnend zu ihm, begrüßte den King und schnupperte vorsichtig an Armstrong.

»Das hier ist unser neuer Mitaffe!«, erklärte Olli. »Er wohnt jetzt bei uns.«

»Hallo!«, gackerte Tikitomba erfreut und strich Armstrong neugierig über das schlechte Fell.

»Hallo«, hauchte Armstrong schüchtern. »Hause?«

Tikitomba lachte ein Schimpansenlachen. King Olli fiel ein und stupste Armstrong spielerisch an.

Da lachte auch Armstrong. Doch diesmal lachte er kein Menschenlachen, sondern gluckste wie ein richtiger Affe.

Als Lilli dies sah, fiel ihr ein riesiger Stein vom Herzen, und sie lachte ebenfalls laut heraus. Sobald ihr Lachen erklang und bis unters Dach des Affenhauses schallte, verfärbten sich blitzartig sämtliche Bananen im Haus von einem zarten Grün zu einem fröhlichen, satten Gelb.

Löwenstarker Liebeskummer

Mit dem stolzen Löwen Shankar stimmt etwas nicht. Das fällt Liliane bei ihrem ersten Rundgang im Zoo sofort auf. Zum Glück kann sie mit Tieren sprechen und findet schnell heraus: Er ist sehr unglücklich ... unglücklich verliebt! In die Tigerin Samira, die schon bald an einen anderen Zoo verkauft werden soll. Wie kann Lilli nur helfen? In letzter Minute hat ihr Freund Jesahja eine waghalsige Idee. Heimlich treffen sich die beiden nachts im Zoo und lassen die Raubtiere frei ...

Tanya Stewner
Liliane Susewind – Tiger küssen keine Löwen
Mit Bildern von Eva Schöffmann-Davidov
224 Seiten, gebunden

Fischer Schatzinsel

fi 85277 / 1